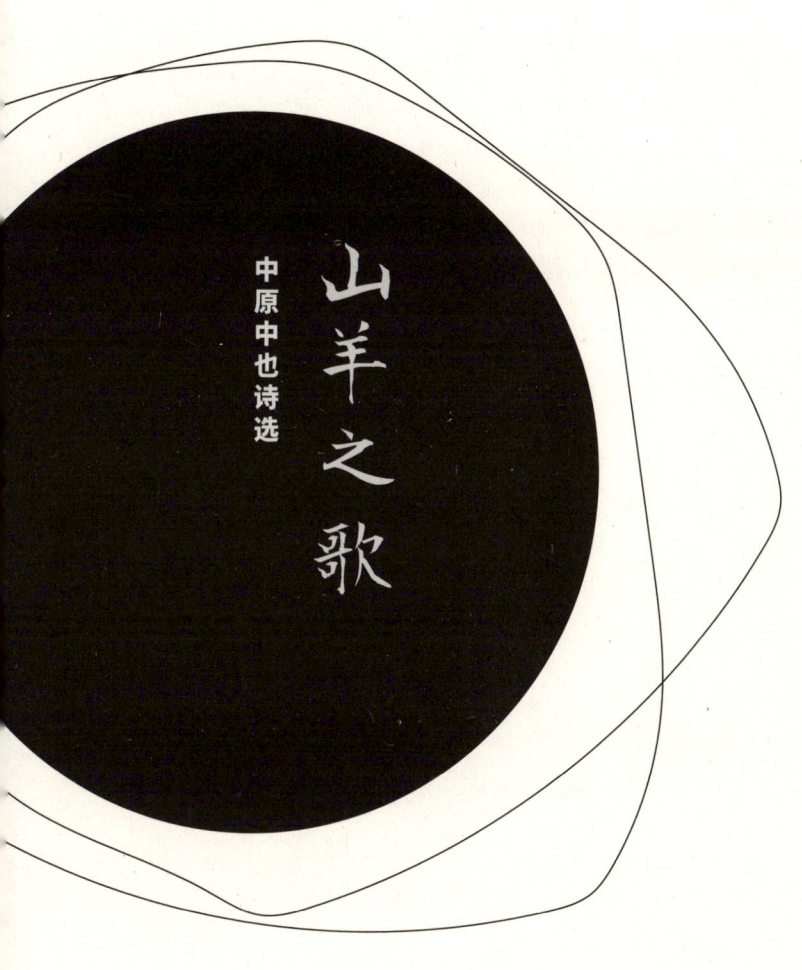

山羊之歌

中原中也诗选

[日]中原中也——著
吴菲——译

新星出版社 NEW STAR PRESS

雅众文化 出品

译者序

如有阳光照在秋夜的河滩

你只管回到宁静的房间就好。
背对焕发的都会夜夜灯火，
你只管，走上郊道就好。
心的低语，且慢慢聆听就好。

这首《四行诗》是诗人中原中也的最后一首作品，作于一九三七年九月三十日。此时的中也刚刚走出爱子夭折的悲痛。他振作精神，把第二部诗集《往日之歌》的原稿誊写完毕，托付给好友小林秀雄。之后，中也准备回故乡休养几年，打算恢复元气后再重返东京。然而在写下这首诗后不到一个月，年仅三十岁的诗人就因结核性脑膜炎离开了人世。

中也一生共留下三百五十余首诗作。其中一百零二首收录于诗人亲自编辑的诗集《山羊之歌》和《往日之歌》。这两部诗集投射着诗人的人生和创作历程，也是他艺术感怀的结晶。其中有轻快的小诗、直率的告白、典雅的象征诗、清纯的童话诗，还有哀痛的追悼诗以及语气谐谑的自嘲诗等等。鲜烈的语言吟咏的是青春的伤痛和内心的祈求。时隔八十余年，这些燃烧了诗人生命的诗篇依然保持着当时的温度和律动，独特的魅力从未因时间流逝而消减。

　　一九〇七年四月，中原中也出生于山口县吉敷郡山口町（今山口市），外祖父政熊在当地开设了一家外科医院。父亲谦助曾是一名军医，后来入赘中原家，并继承了政熊的医院。中也自幼聪颖过人，被誉为"神童"。作为长子，中也肩负着家人的厚望长大却无心继承家业。在母亲的影响下，中也从初中开始就积极地给当地报纸的和歌栏目投稿，十五岁时就与诗友联名出版了和歌集。在山口中学读三年级时，中也因成绩不合格而不得不转学到京都立命馆中学。在那里，曾经的和歌少年迷上了达达主义诗歌。《山羊之歌》中的《春日的傍晚》即是这一时期的作品。通过文友介绍，中也邂逅了比自己年长三岁的剧团女演员长谷川泰子，不久后两人开始同居。十七岁，接触到兰波、魏尔伦等法国象征主义诗人的作品并深受影响。十八岁，与泰子一同迁往东京。在东京，中也依然无心考学，成日与文学青年交往。年轻的中也才华横溢，诗歌几乎就是他生活的全部。遇到意气相投或值得佩服的文友，他往往不管对方是否乐意，便擅自搬家到其居所附近，以便随时登门造访，不厌其烦地与人探讨艺术和诗歌的种种。日后成为评论界泰斗的东京帝国大学学生小林秀雄也是中也最亲近的友人之一。在东京不到一年的时间，泰子与中也分手,投入了小林秀雄的怀抱。但中也对泰子的爱并未因此消减,直到去世,中也都对泰子始终怀有亲情般的爱意,对泰子与别人生下的孩子也是百般疼爱。不论失恋还是失意,青春时代的伤痛都被中也化作了诗歌创作的养分。

十九岁,中也考入日本大学预科,他依然无心学习,半年不到就瞒着家人退了学。为了更深入地理解法国诗人的作品,中也开始到语言学校学习法语。也是这一年,"五月,我写下《晨歌》。七月左右示与小林。那是来东京后初次将诗作示人。总之,于《晨歌》大致确立了方针。"(中原中也《诗的履历书》一九三六年)

晨歌

天花板上　黄红色
　　顺着门缝　泄入的光,
粗鄙的　军乐的记忆
　　没有什么事　要去完成。

听不见　小鸟们的歌
　　天空今日　会是淡蓝色,
对已倦怠的　人的心
　　没有什么人　需来谏言。

树脂的芳香　晨间为之烦恼

已失去的　种种梦想，
树林会在　风中鸣响吗
　广阔　平坦的天空，
　　会沿着河堤　渐渐消失吗
　美丽的　种种梦幻。

　　这首十四行诗形式的《晨歌》正式开启了中也诗歌创作的大门。"我不过是从确实认定我的个性最适合于诗的那天起，就把诗当做了本职。(《〈往日之歌〉后记》)

　　靠着父母接济，中也在东京过着贫寒却逍遥的生活。"自大正十二年(一九二三年)至昭和八年(一九三三年)十月为止，每日行走不懈。深夜读书，朝寝午起，然后步行至夜晚十二时许。"(中原中也《诗的履历书》，括弧内数字为译者注)

　　除小林秀雄之外，与大冈升平等文学青年的切磋交流也给中也的诗歌创作带来许多有益的刺激。他为一群大学生创办的音乐团体苏利耶(SURYA)创作歌词，在那里获得了初次发表诗作的机会。又与河上彻太郎、阿部六郎等诗友创办了诗歌同人杂志《白痴群》，陆续发表了大量作品。其中包括《马戏团》《污浊了的悲伤》《成长之歌》等后来收录于《山羊之歌》的名作。

　　二十五岁这年春天（一九三二年），中也在《白痴群》停刊后约一年多的创作低潮之后，开始编辑自己的第一部诗集《山羊之歌》。诗集曾打算以《修罗街挽歌》做书名，带有向宫泽贤治的诗集《春天与阿修罗》致敬的意味。中也十八岁时就在东京购得刚出版不久的《春天与阿修罗》，并深受其影响。诗集原计划以预约购书的方式出版，先后两次发出征集预约的明信片，可惜应者寥寥。最后中也只好向母亲求助。在母亲的资助下，才得以付印了诗集的正文部分。由于资金不足，正式出版要等到两年后。这期间中也翻译出版了兰波的诗集，同时在各大文艺杂志上发表了大量诗作，逐渐在诗坛拥有了一席之地。在私生活方面，中也在父母的安排下与远亲上野孝子结婚，并有了第一个孩子文也。一九三四年，曾出版宫泽贤治全集的文圃堂正式出版发行了《山羊之歌》。诗集是豪华的精装大开本，限定发行两百册。中也亲自指名高村光太郎担任装帧并题写书名。因为《宫泽贤治全集》的装帧也是由高村光太郎这位诗人兼艺术家设计的。

《山羊之歌》这个标题的来由有多种说法。诗集末章有一首《羊之歌》，而"羊"在日文中是指"绵羊"。所以《山羊之歌》与《羊之歌》并不等同。中也的好友高森文夫曾证言，因下颚尖细，耳朵朝外等面部特征，中也戏称自己为"山羊"。所以这里的"山羊"有可能就是指中也自身。也有学者根据中也家人的天主教背景，分析贯穿诗集的宗教氛围，认为山羊在这里有赎罪、牺牲之意。

从《山羊之歌》到《往日之歌》，不论是奇特难解的达达主义诗歌还是后期那些谐谑的自嘲诗，都贯穿着悲哀的底色。这可以说是中也诗歌的最大特色。小林秀雄在中也逝去十周年时回顾道:"我想,在中原心中,有着连他自己都无以承受的深切悲哀。即便是他那令人惊叹的诗人的天资也不足以将之驯服。……没有穷尽无以名状的悲哀。"(小林秀雄《中原中也的回忆》),而中也诗歌的力量即在于可以将"没有穷尽无以名状的悲哀"淋漓地展现在诗中。

  污浊了的悲伤之上
  今日也降下小雪
  污浊了的悲伤之上
  今日甚而有风吹过

  污浊了的悲伤
  譬如狐狸的革裘
  污浊了的悲伤
  因小雪覆盖而瑟缩

  污浊了的悲伤
  无甚期望亦无所祈愿
  污浊了的悲伤
  在倦怠中梦见死亡

  污浊了的悲伤之上
  痛楚且怀了恐惧

> 污浊了的悲伤之上
>
> 无所事事也迎来日暮……

　　这首《污浊了的悲伤之上》于一九三〇年四月发表于《白痴群》的最后一期，是中也流传最广的作品之一。许多日本人最初都是通过收录于高中语文课本的这首诗认识了中原中也。

　　谁都免不了经历失恋、失去亲人或友人的痛苦。但对于中也来说，人生中的失落远比得到更值得揣摩和玩味。不但如此，诗人还要用更辽远的目光来审视自己经历过的失落和死亡。

　　"一个寒冷的早晨，为那年正月里死去的弟弟所写的和歌是我诗歌生活的最早开端。"（《诗的履历书》）八岁时，最亲近的弟弟亚郎因病夭折，中也为此写下了人生中的第一首诗。此后的人生中，他又接连失去了好友、父亲、弟弟甚至刚满两岁的爱子。哀痛之中，诗人审视死亡的目光也变得透彻而清晰。

> 看呀看呀，这是我的骨头，
>
> 沾满了活着时的艰辛
>
> 撕破了肮脏的皮肉，
>
> 被雨洗得白花花的，
>
> 突兀而出的，骨头的尖突。
>
> ……
>
> 看呀看呀，这是我的骨头——

是我在看着？真是可笑。
灵魂留在身后，
又来到骨头的居处，
在一旁看着吗？
……
（《骨头》）

　　用跨越生死的目光观望自己的死亡，这也许是中也为冲破时间束缚而惯用的一种思考方式，也可说是他特有的创作手法之一。就像宫泽贤治位于"第四次元的延长"的心象素描那样，诗人的思维总能超越死亡，在时空之间自由地来去。

　　中也也是一名译者，他曾为《兰波诗集》等法国诗歌的翻译倾注心血。中也的翻译风格自由而大胆。为保持节奏韵律，往往掺入许多再创作的成分。即便如此，对于诗歌翻译，中也在未发表的诗篇《一度》中感叹道："由结果创造结果，翻译的悲哀"。站在原作的成果之上，却永远不可能得到完美的结果，这是翻译的悲哀。对诗人而言，翻译也许只是充实自身创作的途径而已。

　　关于诗意的表达，中也有着独到的见解："这是手"。在说出"手"这个名辞以前感受到的手。只需深深感受手本身即可。"（中原中也《艺术论备忘》）言辞显现之前的感受，才是中也的诗歌想要表达的心灵的回响。

　　作家车谷长吉说，"诗是灵魂的裸体，是逝去的时间的光辉。"中原中也的诗歌也当得这样的评语。

> 秋夜,在遥远那方
> 有一片,尽是石子的河滩,
> 太阳,是沙沙地,
> 沙沙地照着。
>
> 虽说是太阳,却犹如硅石什么的,
> 犹如非常细碎的粉末,
> 正因如此,才沙沙地
> 也发出着细微的声响。
>
> 而那石子上,此刻正停着一只蝴蝶,
> 淡薄,却又轮廓清晰地
> 投射着影子。
>
> 而后那蝴蝶不见了,不知何时,
> 直到刚才还没有水流的河床上,水
> 是沙沙地,沙沙地流着……

这首《一个童话》是《往日之歌》中最重要的作品之一。现实生活中不存在照亮秋夜的阳光。所以这是"一个童话"。不妨将这束超现实的阳光看做照亮人生的诗歌之光,秋夜短暂而寂寥犹如人生,河滩象征枯燥无味的现实生活,散落在河滩的一粒粒石子就像我们自身,流水是人生中那些欢愉的时光,偶尔停栖石上的蝴蝶是捉摸不定的爱恋,流水沙沙,光芒沙沙,那轻快柔和无以言传的感触,不正是中也诗歌想要传达的"名辞以前"的诗的抚慰吗?

现实生活中的中也始终是个无能之人。离家十余年,一直学业无成,从未有过固定工作。奉父母之命结婚后生活仍然要靠家人接济。对于俗世的生活,中也始终是个局外人。幸而有母亲支持,诗人才得以为诗歌奉献一生。一九三七年十月二十二日,中也病逝于镰仓,终于未能回应家人的期待回到故乡。临去世前,中也对母亲说:"我其实是孝顺之人啊。"

中也的母亲中原福逝于一九八〇年,享年一百零一岁。她亲眼目睹了自己全力庇护的"浪荡子"中也得到世间认可的全过程。一九九四年,中原中也纪念馆在位于山口市汤田温泉的中原家旧址上建成。纪念馆前那株树龄超过一百二十年的龙柏,曾陪伴中也出生、成长,见证了中原家的变迁,如今依然枝繁叶茂地守护着纪念馆的正门。

吴菲

2018 年仲春 于山口市后河原

I 山羊之歌

春日的傍晚　3
月　4
马戏团　5
春夜　7
晨歌　9
临终　10
都会的夏夜　11
秋季一日　12
黄昏　14
深夜之思　15
冬季雨夜　17
归乡　18
激越黄昏　19
流逝的夏日之歌　20
悲哀的早晨　21
夏日的歌　22
夕照　23
港口城市之秋　24
叹息　25
春的回忆　26
秋季夜空　28
宿醉　29
少年时　30
盲目之秋　31
我之吸烟　36
妹妹啊　37
寒夜的自我像　38

树荫　39
丧失的希望　40
夏　42
心象　43
三千子　45
污浊了的悲伤之上　47
无题　48
夜渐深　54
罪人之歌　55
秋　56
修罗街挽歌　59
雪之宵　63
成长之歌　65
而今正是时候……　68
羊之歌　70
憔悴　74
生命之声　81

II 往日之歌

含羞　87
空虚　89
深更的雨　90
早春的风　91
月　93
蓝色眼眸　94
三岁的记忆　97
六月的雨　98
雨天　99
春　101
春日之歌　102
夏夜　103
幼兽之歌　104
这个小儿　106
冬日的记忆　108
秋日　109
冰冷的夜　110
冬之黎明　111
既为老成者　112
湖上　114
冬夜　116
秋天的消息　118
骨头　119
秋日狂乱　121
朝鲜女人　123
夏夜醒来做的梦　124
春天与婴儿　125

云雀　126
初夏之夜　127
北方的海　128
懵懂之歌　129
闲寂　132
诙谐歌　133
回忆　135
残暑　139
除夕夜的钟声　140
雪赋　141
我的半生　143
独身者　144
春宵感怀　145
阴天　147
寄蜻蜓　148
一去不还　149
一个童话　151
幻影　152
泼辣女人的丈夫歌唱了　153
无言歌　155
月夜海滨　156
还会来的春天……　158
月光　其一　159
月光　其二　160
村里的时钟　161
某男的肖像　162
冬日长门峡　164

米子　165
正午　167
春日狂想　168
蛙声　173
后记　174

中原中也年表　175
译后记　186

I　山羊之歌

春日的傍晚

白铁皮吃了脆饼
春日的傍晚是安稳的
低肩投出[1]的灰霭苍茫
春日的傍晚是安静的

啊！没有稻草人吗——不会有
马儿嘶鸣吗——也不嘶鸣
只管任由月光圆润
顺从的　是春日的傍晚吗

原野中突兀而现的伽蓝朱红
载货马车的车轮　失了油润
我若言说历史性的现在
天空与山峦　将百般嘲笑

一枚瓦片　错了位
从此以后春日的傍晚
默默无言　仍将前行
是向着自身的　静脉管中

1　低肩投出：棒球运动中的低手投球动作，从下向上挥动手臂投球的投法。

月

今宵月愈发哀愁
对养父的疑惑睁大眼眸
时间将银波冲向沙漠
老男人的耳朵点亮萤光

啊 在忘却的运河堤岸
胸中残留的战车轰响
取出生锈铁罐里的香烟
月慵懒地吸着

七位天女围绕着它
虽不停跳着脚尖舞
向浸淫于污辱的月之心

也不给予任何安慰
散落远方的星与星啊!
月等待着你的刽子手

马戏团

有过几多时代
　　有过茶色战争

有过几多时代
　　冬日疾风吹过

有过几多时代
　　今夜此处的一番殷盛
　　　　今夜此处的一番殷盛

马戏棚里高高的梁木
　　那里有一架秋千
似有若无的秋千

倒挂着垂下双手
　　脏棉布的棚顶下面
悠啊　悠哟　悠啊悠哟[1]

1　原文为作者自创的拟态词。发音为：yuaan yuyoon yuyayuyon，类似于中文"摇啊摇哟"的发音。

那近旁的白色灯火
　　　与廉价的丝带吐息

看客都是沙丁鱼
　　喉咙嘶鸣与牡蛎壳一同
悠啊　悠哟　悠啊悠哟

　　棚外一片黑暗　黑暗的黑暗
　　夜劫劫地深了
　　与降落伞这家伙的乡愁
　　悠啊　悠哟　悠啊悠哟

春夜

黑银窗框中温婉的
  一枝花,桃红的花。

月光照得它失了神
  庭院的裸土如假痣。

啊　无所事事无所事事
  树林啊含羞走动吧。

这喧嚣的声响里
  没有希望,然而也,没有忏悔。

只有山野虔敬的木工,
  梦里商队的步伐也隐然若现。

窗里是舒爽的,朦胧的
  沙砾色的绢衣。

宽广胸怀的钢琴奏鸣
  并非祖先,父母也消逝。

似曾埋葬狗的某处，
　　涌出的番红花色的
　　　　春夜啊。

晨歌

天花板上　　黄红色的
　　顺着门缝　泄入的光,
粗鄙的　军乐的记忆
　　没有什么事　要去完成。

听不见　小鸟们的歌
　　天空今日　会是淡蓝色,
对已倦怠的　人的心
　　没有什么人　需来谏言。

树脂的芳香　晨间为之烦恼
　　已失去的　种种梦想
树林　会在风中鸣响吗

广阔　平坦的天空,
　　会沿着河堤　渐渐消失吗
美丽的　种种梦幻。

临终

秋日天空一片深灰
黑马眼眸的光
　　枯水后凋落的百合花
　　啊 心中多么空虚

没有上帝也没有引领
窗前的妇人已逝去
　　白色天空眼已盲
　　白色的风已冰凉

她曾在窗畔洗发
那手腕优雅温柔
　　朝阳零落四散
　　水声滴答响着

街中处处喧嚷热闹
传来孩子们的欢声
　　然而　这灵魂何去何从？
　　会逐渐淡去　变成天空吗？

都会的夏夜

月在天空如奖牌，
街角建筑如风琴，
玩累了的男人们歌唱着归去。
——礼服衬衫的领子歪斜着——

他们大张着嘴唇
他们心里有些许哀愁。
头脑变成黑暗的土块，
所以只管唱着啦啦啦而去。

商务的事或祖先的事
不是说已经忘了吗？
都会的夏夜深更——

与死去的火药深深地
眼里渗入街灯
于是只管唱着啦啦啦而去。

秋季一日

这样的早晨,迟迟醒来的人们
因吹打在门窗的风与车辙的声音,
在赛壬栖居的海里沉溺。

夏夜在露天小店的对话,
以及建筑大师的良心都已没有了。
所有一切是古代历史
以及花岗岩的远方地平交界的颜色。

今早一切都顺从于领事馆旗帜之下,
我对锡与广场以及天鼓之外的事一无所知。
也不介意软体动物的呻吟声,
投下紫色的蹲踞的影子在公园,幼儿往口中塞入砂子。

   (水色的月台
   以及吵闹的少女、嬉笑的小痞子
   不要 不要!)

手揣在衣兜里
穿过小巷,来到码头

与今日的灵魂相配的
碎布屑不如去找些来吧。

黄昏

晦涩昏暗的池面上,
拥挤的莲叶摇动。
莲叶粗笨
只能发出簌簌的声响。

一发出声响我的心就动摇,
目光追逐微明的地平线……
山只管黝黑地窥探
——失去的不再回来。

若说是什么悲伤却没有比这更悲伤的
草根的气味静静地沁入鼻腔,
旱地的土块与石头一同看着我。

——我终究还是不打算耕作!
一动不动在黄昏中茫然伫立,
不知为何一旦意识到父亲的影像,便只顾一步两步地迈出脚步。

深夜之思

这是泡沫泛起的钙质
逐渐干涸的
是急速的——天真无邪的女孩的哭声,
是皮包匠人的妻子傍晚的鼻涕。

树林的黄昏
嗓音嘶哑的母亲。
虫子飞舞的枝梢上,
婴孩的滑稽舞蹈。

看不见长毛飘飘的猎犬,
猎人将驼背朝向那边。
邻近森林的草地
　　变成了坡道!

在黑色海滨马加蕾特[1]走近
面纱在风中碎成千片。
她的肉体必须跃入,
庄严的圣父的大海!

---

1 马加蕾特:歌德《浮士德》中的人物。即浮士德的恋人格雷琴。

在山崖上她的上方
精灵描绘怪异的线条。
她的回忆是悲伤的书斋的拾掇
她将不得不即刻死去。

冬季雨夜

笼罩了冬季的黑夜
曾下着滂沱大雨。
——傍晚灯下被丢弃的，蔫萝卜的阴惨之感，
那还算不错的了——
而今笼罩黑色冬夜
滂沱大雨正下着。
甚而传来死去的少女们的声音
aé ao, aé ao, éo, aéo éo![1]
　　一边在那雨中漂浮
不知在何时已消失不见的，那些乳白的冰囊……
而今笼罩黑色冬夜
滂沱大雨正下着，
我的母亲大人的腰带结扣
也被雨水冲刷，溃散了，
别人的诸多情谊
终究也只是柑橘色的吗？……

1　此句演化自兰波的诗作《布鲁塞尔》中描写鸟鸣的诗句。

归乡

支柱和庭院都很干燥
今天是个好天气。
　　　　屋廊下蜘蛛的网
　　　　不安地摇动着

山上的枯木也喘息
啊　今天是个好天气
　　　　路旁的草影
　　　　泛着无邪的愁绪

这是我的故乡
风也清朗地吹着
　"痛快地哭吧"
　　也听见妇人轻声低语

啊　你至今都做了些什么……
吹来的风对我说

激越黄昏

纵是卷起的　风也伤感的时分,
草披靡,我看见
遐远往昔的隼人[1]们

银纸色的竹矛,
沿水畔,延绵而去。
——静待杂鱼的心。

吹拂的风不曾邀约 地上的
横陈的尸骸——
天空,在讲坛站立。

家家户户,贤明的陪臣,
尼古丁,将污垢的牙隐匿。

1　隼人:古代居住在九州南部的部族。以骁勇善战著称。

流逝的夏日之歌

行道树的枝梢深深吸气,
天空高高在上,看着它们。
落在日光照射的沙地上的玻璃
一路走来的旅人仓皇间寻见了。

山顶的天际,无比澄净,
将金鱼或姑娘的口中清洁。
飞来的那架飞机上,
昨天我涂好了昆虫的泪。

风把丝带送上天空
曾经陷落的海的事
那浪涛的事　我想要讲述。

骑兵联队或上肢的运动,
以及下级官吏的红鞋等等,
环山道路上那无人骑却前行的
自行车的事　我想要讲述。

悲哀的早晨

河滩的水声传到山里,
春光,坚硬如石。
竹笕的水,讲述故事
极像一个白发老妪。

以云母的口型唱了呀
向后仰倒,唱了呀,
心干涸了皱褶枯萎了,
岩石上的,走钢丝。

不为人知的火焰,往天空去!

回响的雨,全身湿透!

……………………

我如此这般拍手称快……

夏日的歌

蓝天不动,
一片云彩也无。
　　夏季正午的静谧中
　　煤渣的光也变得清丽。

夏日天空里有一种,
有种令人不快的东西,
　　焦黑粗蛮的向日葵
　　在乡间车站开着花。

好似熟练养育孩子的母亲,
火车的汽笛鸣响。
　　驰过山的近旁时。

一边驰过山的近旁,
好似母亲的火车汽笛鸣响。
　　在夏日白昼的炎热之时。

夕照

连绵山丘,将手放在胸口
退去了。
落日,是慈爱之色的
金子的颜色。

原上草
唱着粗鄙的歌
山上一棵棵树,
现出苍老简陋的心地。

这般时分也曾有我
被小儿践踏过的
贝壳的肉。

这般时分依然刚直
超然高雅的断念啊
拱着手迈步离去。

港口城市之秋

石崖上，朝阳照着
秋季天空美不胜收。
对面看得见的港口，
难道是蜗牛犄角吗

在城里人们清扫烟囱
屋瓦打着哈欠
天空破裂。
官员的休息日——身着棉袍。

"若有来生再世……"
海员唱道。
"哐当，嘭咚……"
狸婆婆唱道。

    港口街市的秋日，
    顺从的发狂。
    我在那日丢失了
    人生的座椅。

叹息
—— 致河上彻太郎

叹息去往夜的沼泽,
会在瘴气中眨眼吧。
那眨动含怨般流动着,会发出啪嗒的声响吧。
棵棵树木会像年轻学者们的,脖颈那样吧。

夜若拂晓在地平线,窗会打开吧。
拉了板车的农人,会去往城镇那边吧。
叹息越发深沉,
会像响彻山丘的板车噪音那样吧。

原野上突兀的山端的松树,正守望着我吧。
它会像我那爽快却不爱笑的,叔父那样吧。
神灵似乎　正在捕捉气层之底的鱼儿。

天空一旦阴郁,蝗虫的眼睛,会在沙土中窥视吧。
远处的城镇,好像石灰。
彼得大帝的眼珠,在云中闪着光。

春的回忆

采集起来的紫云英的花
　　　待到归家晚餐的时刻
便狠狠丢弃在
　　　　弥漫了春天暮霭的土上

且一度留恋地回望
　　　若无其事地拍打着手掌
顺着路边跑来
　　　　（尚未全黑的天空啊！）

进来我家一看
　　　一片和乐融融
是秋日夕阳下的山丘还是炊烟？
　　　　　有什么令我晕眩

　　　　旧时代曾富有的宅邸里
　　　　　　卡德利尔[1] 宽大的衣裙

1　卡德利尔（quadrille）：卡德利尔舞，一种源于法国的交际舞。明治初期传入日本。

卡德利尔 宽大的衣裙
在某一天将要断绝的 卡德利尔!

秋季夜空

这可真是 闹哄哄，
众人各说各的
然而依然淡漠的优雅啊
盛装齐聚的夫人们。
　　　　虽说下界是秋季的夜
天界的喧嚣。

滑溜溜的地板上，
装点着金色探矿灯。
小小的头颅，长长的裙裾，
连一把椅子也没有。
　　　　虽说下界是秋季的夜
天界的明亮啊。

微明的天界
遐远往昔的影之祭典，
静谧的静谧的喧嚣
天界的夜宴。
　　　　我虽在下界眺望着，
却在不觉间退散了。

宿醉

早晨,迟钝的阳光照着
　　有风。
一千名天使
　　打篮球。

我闭上眼睛
　　哀伤的酒醉啊。
已经没用的炉子
　　苍白地生着锈。

早晨,迟钝的阳光照着
　　有风。
一千名天使
　　打篮球。

少年时

夏天的太阳照在黝黑的石上
庭院的地面,睡成朱红。

地平尽头蒸汽升腾,
如世界灭亡的,征兆一般。

麦田里风低低拂动,
模糊朦胧,是灰色的。

犹如翱翔的云投下的影子,
经过水田表面的,往昔巨人的身影——

夏日过午的时刻
别人午睡的时候,
我奔跑着穿过原野……

我将希望在唇上咬碎
我目光炯炯断了念想……
啊——活着,我曾活着!

盲目之秋

I

风起,波浪骚动,
　　在无限之前挥动手臂。

那中间,虽可见小小的红色花朵,
　　随即也碾碎了。

风起,波浪骚动,
　　在无限之前挥动手臂。

想着永远不再回来
　　不知多少次发出刻薄的叹息……

我的青春早已化为坚硬的血管,
　　曼珠沙华与夕阳从中经过

那是寂静、辉煌、盈盈明澈,
　　犹如那离去的女子临别给我的微笑那般,

庄严,丰富,却又寒酸
　　异样、温暖,闪亮着残留胸中……

　　　　啊 残留胸中……

风起,波浪骚动,
在无限之前挥动手臂。

Ⅱ

无论这将如何,那将如何,
那样的事情无关紧要。

无论这是何物,那是何物,
那样的事情更是怎么都成。

人只要有自恃就好!
其他全都任其自然……

就是自恃,自恃,自恃,自恃,

单凭这一点就不会将别人的行为当成罪过。

泰然,开朗,如稻束般沉静地,
只需将朝雾填入煮釜,然后还能跃起就好!

Ⅲ

我的圣母玛利亚!
　　　总之我吐了血!
因你不接受我的情谊,
　　　总之我认了输……

如此说来也因我不够率真,
　　　如此说来也因我太懦弱,
我爱你是极其自然的,
　　　虽然你也曾爱着我……

啊!我的圣母玛利亚
　　　事到如今虽已无计可施,
但至少应该了解这一点——

极其自然地,而所谓自然地爱,
  并非那般时有发生,
并且了解这一点,并不是谁都被容许的。

Ⅳ

至少在临死之时,
她会在我身上敞开胸怀吗?
  到时千万别涂脂抹粉,
  到时千万别涂脂抹粉。

只需静静地敞开胸怀,
请辐射着我眼中。
  千万别为我顾虑什么,
  即便是为我也千万别顾虑。

请只管泪眼婆娑,
温暖地吐息着。
——如果眼泪流下的话,

突然向我俯身,

然后将我杀死也可。

于是我将舒心地,沿曲折的冥土之路上升而去。

我之吸烟

你那两只雪白的脚踝,
　　傍晚,海港寒冷的傍晚,
啪嗒啪嗒地,在道路上走过。
　　到处店铺的灯亮了,灯亮了,
我一边望着一边走,
　　你便招呼我说,
去哪儿歇息一下如何?

于是我虽然还没看够桥和货船,
　　就进了餐馆——
人声喧嚣,腾腾的蒸汽,
　　这里俨然别样世界。
于是我,望着你不合时宜的明朗容颜
　　悲伤地抽起了香烟,
一根,一根地,抽着……

妹妹啊

夜晚,美丽的灵魂哭泣,
　　——明明那个女人才是当然的——
夜晚,美丽的灵魂哭泣,
　　——不如死了才好呢……她诉说着。

潮湿原野的黑土,短短的草上
　　夜风吹拂,
死了才好呢,死了才好呢,她诉说着。
　　那是美丽的灵魂哭泣。

夜晚,天空高远,微风习习
　　——除了祈祷,于我,已别无他法。

寒夜的自我像

虽说不上身手敏捷

紧握着这一根缰绳

穿越这黑暗的地域!

只要意志明确

面对冬夜我不叹息

人们那唯有焦躁的哀愁啊

因憧憬而趋从的女人们的哼唱

像是对我细碎的惩罚

任其,刺痛我的肌肤。

踉跄着脚步却保持平静,

带着些许做作的心态

我劝谏我的懒惰

一边行走于寒月之下。

开朗,坦荡,且不出卖自己,

这是我灵魂的祈愿!

树荫

神社的鸟居上照着光
榆叶细微地摇晃
夏日白昼那浓绿的树荫
安抚我的懊悔

阴暗的懊悔,缠绕不去的懊悔
充斥了愚蠢骇笑的我的过去
随即化为含泪的晦暝
随即化成牢固的疲惫

于是如今从早到晚
除非顺从则无以维持生活
也无怨恨 好似丧失了心志
仰望天空的我的眼眸——

神社的鸟居上照着光
榆叶细微地摇晃
夏日白昼浓绿的树荫
安抚我的懊悔

丧失的希望

向着昏暗天空消逝了
　　曾经点燃我年少时的希望。

如夏夜的星至今依然
　　在遐远天空若隐若现,至今依然。

向着昏暗天空消逝了
　　我年少时的梦想啊希望啊。

而今低伏此处
　　如野兽般,心思黯然。

那心思黯然的某日
　　也无法知晓是否天晴,

自沉溺的深夜之海
　　空中的月,如我所愿。

那浪太过深邃,
　　那月太过清明,

啊曾点燃我年少时的希望

    而今早已向着昏暗的天空消逝而去。

夏

吐血般的 疲倦，懈怠
今天这日子里也是旱地里太阳照着，麦子上太阳照着
照着睡眠似的悲伤，远远穿过天空
如同吐血的疲倦，懈怠

天空燃烧，田地绵延
云朵漂浮，光彩炫目
今天这日子也阳光灼灼，大地入眠
照着吐血般的感伤。

暴风雨般的心的历史
如已然终结一般
自那里好似一丝头绪也没有
在燃烧的太阳那方入眠。

我留下来，作为一具尸骸——
如同吐血的感伤悲哀。

心象

I

风吹在松树,
脚踏沙砾的声响寂寥。
暖风洗我的额头
思绪遥远,令人怀念。

一坐下来,
涛声听得分外真切。
没有星星
天空是暗色的棉。

正经过的小船中
船夫向他妻子说了句什么。
——他的话,我没听清楚。

涛声听得分外真切。

II

对已逝的过往的一切
眼泪奔涌。

城墙干裂
风吹拂

草随风飘动
穿越山丘，跋涉原野
不曾休憩
怎不见白色天使降临

悲兮吾欲死
悲兮吾欲生
悲兮吾，已逝过往的一切

眼泪奔涌。
自天空那方
风吹拂

三千子

你的胸宛如大海
舒缓起伏又跌宕。
辽远天空,碧蓝海浪,
凉风轻吹其上
拂过松树枝梢
海岸白浪延绵。

而你眼中那片天空
竟无边无际地映着
连绵的波涛,浪花,
在你眼中迅疾闪现。
海上行过的船儿
侧帆满帆,你似看非看。

而你的前额之美
就像从午睡中醒来
被突然惊动的
牛犊一般无邪
轻巧而又优雅
低头沉思间,又沉沉睡去。

你纤细的脖颈　弯曲如虹
你无力的手腕　柔弱如婴儿
当你伴着丝弦轻快起舞,
如海面荡漾一轮含泪的金色夕阳
洋面上,遥遥含润在远方
我望见天空中,你屏息的瞬间。

污浊了的悲伤之上

污浊了的悲伤之上
今日也降下小雪
污浊了的悲伤之上
今日甚而有风吹过

污浊了的悲伤
譬如狐狸的革裘
污浊了的悲伤
因小雪覆盖而瑟缩

污浊了的悲伤
无甚期望亦无所祈愿
污浊了的悲伤
在倦怠中梦见死亡

污浊了的悲伤之上
痛楚且怀了恐惧
污浊了的悲伤之上
无所事事也迎来日暮……

无题

I

恋人啊，你温柔待我，
我却如此倔强。昨夜与你分别后，
我酗酒，刻薄弱者。今晨
醒来后，一边回想起你的温柔
我一边哀叹我的龌龊，并且
不顾颜面地，在此时此地告白，没有羞耻，
毫无品格，可是又并不直率
我被我的幻想所驱使，狂乱不已，
终究未能明察别人的心情，
恋人啊，你温柔待我
我却固执地，像个孩子般任性！
醒来后，在我宿醉不醒的头脑中，
一边感受着门外寒冷清晨的气息
我想着你的温柔，也想起刻薄过的人。
并且，我糊涂又悲哀
待到今早，连我自己都确信，我是个无聊的家伙！

Ⅱ

她的心坦诚率真!
她在严苛中长成!
无依无靠,心中思绪
不为人知,于杂乱之中
独自生活,她的心
比我的心更加率直且不曾动摇,

她美丽。在混沌一片的人世漩涡之中
她聪慧又谦和地活着。
为这过于混沌的人世漩涡,
有时心中怯懦,发出虚弱的躁动,
然而她依然,不曾丧失最后的品格
她美丽,又聪慧!

以往她的灵魂,曾多么渴求温柔的心!
但现在她甚至放弃了企望。
满心私欲、幼稚的野兽或孩童,
她遇见的尽是这样的人。可她并不知情,

一心以为，世间的人，全都是渣滓之流。
于是她有些乖僻。她很可怜！

Ⅲ

如此悲哀度日的世间，你的心
千万不要变得顽固不化。
我唯愿亲近待你
你的心，千万不要变得顽固不化。

当你固执时 心中的眼
灵魂，言语的作用都会断绝
内心祥和时，人都会有与生俱来的
美梦相随，且深明此中道理。

我的心灵我的魂魄，忘却抛弃
向烂醉的，狂妄之心求索美好
我身处这世态的悲凉啊，

也不曾拥有自己心中油然而生的思绪，

唯有不甘为人后的心躁动不已
热病的风景可悲至极。

Ⅳ

我时时想念着你啊。
在爱恋，祥和又澄净的心情之中，
日日夜夜沉浸着啊，
感觉自己恍若罪人一般。

我爱着你啊，全心全意。
虽然还能做种种思考，但即使思考
也无济于事 所以
我想要舍身为你倾尽所有。

并且除此之外，我早已
寻不见希望或目标
这样对你，于我才是幸福。

就是幸福，忘掉世间所有烦恼，

不知晓一切事情,我
因能为你献身而感到幸福!

V 幸福

幸福在马厩中
秸秆之上。
幸福
于和悦之心顿时领会。

  固执的心,不幸且焦躁,
  极尽眼花缭乱以及
  诸多事物纷扰内心。
  于是越发不幸。

幸福,正在休憩
并将明确可行的事
细致施行
幸福,富含着理解。

固执的心,缺乏理解,
不知该做何事,只知奔走牟利,
意气消沉,轻易发怒
招人厌恶,独自哀伤。

所以人啊,首先要时常遵从。
遵从,并非是迎合他人
只有遵从才可从中学习,学习
令你品格高尚,令你有丰裕的德行!

夜渐深
——致内海誓一郎

每晚每晚,夜渐深时,便听见
  附近澡堂的 汲水声。
倒掉的洗澡水变成水汽蒸腾,
  一如既往漆黑的武藏野的夜。
柔和的雾也笼罩着
  那上面月光明亮
  并传来,狗的远吠。

就是在那时,我于围炉之前,
  做柔弱的梦。
很大程度…如今虽然已折损
  现在依然有和善的心,
在这样的夜晚那颗心开始静静私语,
  我满怀着感谢聆听,
满怀着感谢聆听。

罪人之歌
—— 致阿部六郎

我的人生,被拙劣的园艺师们
过于迅速地,修剪过的悲哀啊!
因此我的血总是,
冲动,沸腾,滚烫。

不得安宁,焦躁的心境,
时常向外界索求。
那行为愚钝
那思虑难解。

所以这可悲的树,
将粗硬的树皮,向天空与风,
心不停地,沉浸于追忆的念想,

懒惰着,以时断时续的动作,
面朝他人时心思虚弱,不禁奉承迎合,于是
竟做出些 于我也不曾有过的 愚蠢至极的事来。

秋

1

直到昨日还在燃烧的原野
今日一片茫然，在阴沉的天空之下延绵。
人说秋天 一场秋雨一场凉
秋蝉，早已在彼处鸣叫不已，
在草丛里的 一棵树上。

我吸烟。那烟雾
在浑浊的空气中蜿蜒着升起。
地平线让我想凝望也没法凝望
因光焰的亡灵们时而站立时而坐下，
——于是我只好蹲下了。

带着晦涩的金色，天空阴沉着—— 一成不变——
因天太高远，我低下了头。
我可是抱定了倦怠的心念活着的啊，
将烟草的味道分成三种。
死也许已在，不远的地方……

2

"那么就此说声再见,
那家伙满脸堆着奇怪的黄铜般光泽的笑意,
他是从那道门那儿离开的啊。
那笑意似乎,并不属于活着的人啊。

那家伙的眼睛,有着仿佛沼泽的水澄净时一般的颜色啊。
说话的时候,他似乎在思考别的事啊。
他习惯把句子截短了说啊。
无聊的事,他也详细地记得啊。"

"哦,对啊——我已经知道会死,不是吗?
看一看星星,星星笑着说怎么可能变成我呢,就在前不久啊。
……………………………………………………………
就在前不久啊。说自己的木屐,说这无论如何也不是我的啊。"

3

草丝毫没有摇动呢,
那上面飞着蝴蝶呢。
身穿浴衣,那人在走廊,看着这景色呢。
我从这边看着那人的样子呢。
那人目不转睛地看着黄蝴蝶呢。
四处能听见卖豆腐的笛声,
那电线杆,在黄昏天空中清晰可见,
——"我,"那人转向了我这边,
他说 昨天我可是撬起了三十贯[1]的石头啊。
——哎呀,怎么撬的?在哪里?我问他啊。
于是,那个人盯着我的眼睛啊,
好像很愤怒似的,唉……我很害怕呀。

死之前真是奇怪啊……

---

[1] 1贯约等于3.75公斤。

修罗街挽歌
—— 致关口隆克

  序歌

不祥的回忆啊,
走开!而往昔的
怜惜的感情
和丰裕的心啊,
回来!

  今天星期日
  走廊上太阳照着。
  ——好想再一次让母亲带领着
  在庙会上买一只气球,
  天空蔚蓝,所有一切耀眼光鲜……

    不祥的回忆啊,
    走开!
      走开走开!

Ⅱ 醉生

我的青春也过去了,
——这寒冷拂晓的鸡鸣啊!
我的青春也过去了。

真的是义无反顾地活下来……
是我太过开朗了吗?
——纯真的战士,我的心啊!

尽管如此我憎恨,
那些仅活在对外意识之中的人们。
——悖论式的人生啊。

如今在此受尽伤害,
——这寒冷拂晓的鸡鸣啊!
噢,寒霜中不绝的鸡鸣啊……

Ⅲ 独语

为了不让器皿中的水晃动，
端持器皿非常重要。
若能如此的话
动作越大越好。

然而为了这么做，
如果早已没有了刻意求精的余地……
心啊，
尽管谦逊地等待神的惠泽吧。

Ⅳ

愈加淡泊的今日之日
雨潇潇落下，
比水更清淡的空气中
散发树林的香气。

已然秋深的今日之日
宛如石声回响。
甚至连回忆也无
怎可有梦想等等?

诚然我如石头一般
如影子般活下来……
欲呼唤而无言语
天空般漫无边际。

是啊我悲哀的心
无缘由地握紧拳头
可有谁可责怪?
哀怨无限。

雪之宵

落在青色软帽上的雪
是经过的那只手还是细语呢
　　　　　　——白秋[1]

落在宾馆屋顶的雪
是往昔那只手还是细语呢

　　烟囱噗噗地吐烟,
　　也溅起红红的火星。

今夜天空一片漆黑,
昏暗的天空降下的雪……

　　真的分了手的那个女人,
　　这时正在做什么呢?

真的分了手的那个女人,
不久后还会归来吗?

1　引用自日本童谣诗人北原白秋诗集『思い出』(回忆)中的一首四行诗『青いソフトに』(于青色的软帽)。

静静地我喝着酒
　　懊悔重重不得安生。

静静地静静地饮酒
爱恋的心绪萦绕……

　　落在宾馆屋顶的雪
　　是往昔的那只手还是低语呢?

烟囱噗噗地吐烟
也溅起红红的火星。

成长之歌

I

　　幼年时
落在我身上的雪
就像丝绵一样。

　　少年时
落在我身上的雪
就像雨夹雪一样。

　　十七—十九
落在我身上的雪
就像米粒雪一样散落。

　　二十一—二十二
落在我身上的雪
好似冰雹一般

　　二十三
落在我身上的雪

好像是剧烈的暴风雪

　　二十四
落在我身上雪
变得愈发凄冷……

Ⅱ

落在我身上的雪
宛如花瓣落下
发出干柴燃烧的声响
在严寒天空的阴黑时分

落在我身上的雪
愈加娴静且眷恋
舒展着双手落了下来

落在我身上的雪
也落在灼热的额头
仿佛眼泪一样

对落在我身上的雪
愈加恳切地感谢,向神灵
祈求生命久长

落在我身上的雪
于是更加贞洁了

而今正是时候……

而今正是时候,花儿似香炉吐芬芳[1]
　　　　　　　——波德莱尔

而今正是时候,花儿似香炉吐芬芳,
那气息难以捉摸。
凋谢的花儿还有水声,
以及匆匆归去的人们。

是否可以 泰子,就是现在
静静地 一同相处吧。
经过远方天空的 飞鸟
也充满着 稚嫩的情怀。

是否可以 泰子,就是现在
日暮的篱笆还有群青色的
天空也静静流逝的时分。

是否可以 泰子,就是现在

---
1 此句引用自波德莱尔《薄暮曲》(上田敏译)。

你的头发柔顺之时

花儿似香炉吐芬芳,[1]

---

[1] 原文以",,"结束。

羊之歌
—— 致安原喜弘

Ⅰ 祈祷

当我死时定要让我仰面朝天!
这小小的下颚,不要再使之小而又小!
是啊。我想是因我未能感受的,
才使我受到惩罚,迎来死亡。

啊!这时定要让我仰面朝天!
至少这时,我愿,身为一个感受一切的人!

Ⅱ

困惑啊,你这古旧昏暗的气体啊,
你尽可从我身体里离去!
我早已与单纯与静谧的低语,
停止,除却清冽不再期许。

交际啊,阴郁的污浊的包容啊,
切勿重又让我觉醒!
我早已试图忍耐孤寂,
我的手腕已如无用之物。

你这,与猜疑一同睁开的眼睛啊,
就那样大睁着一动不动的眼睛啊,
啊!除却自己之外过于轻信的心啊

是啊困惑,你这古旧昏暗的空气啊,
尽可从我身体里离去尽可离去!
我早已,除却我贫瘠的梦想之外,别无兴致。

Ⅲ

我的人生曾如暴风雨一般,
虽然阳光也曾不时地照及这里那里。
——波德莱尔[1]

有个九岁的孩子
她是个女孩
世界的空气,犹如她的存在
而这存在 又如可倚靠之物
她歪着头

1　此句引用自波德莱尔《恶之花》中的《L'Ennemi/仇敌》开头部分。

在同我说话的时候。

我在桌被中取暖
她坐在榻榻米上
冬日里,一个罕见的晴朗的上午
我的房间里,充满着阳光。
当她歪着头,
她的耳朵透着阳光。

彻底信赖我,毫无疑虑
她的心成了柑橘色
那善良并未泛滥,然而
也未曾像小鹿那般畏缩
我忘记了所有要事
在此时只管舒缓地将时间熟读玩味。

Ⅳ

即便如此,全然萧索的我的心
整夜整夜,独自在寄居的屋里

思考没有思绪的思绪 单调的
俭约的心的联弹啊……

若听见火车的汽笛声
便会将旅愁，幼时想起
不不，并非想起幼时抑或旅途
只是那看似旅途，看似幼时的事物……

思考没有思绪的，思绪的我的胸中
好似那紧闭的 生霉的匣子
发白的嘴唇，干糙的面颊
冷酷的，如此寂寞的润泽……

是啊就是如此 仅仅因为习惯了而得以忍耐
寂寞难捱，而自身
浑然不知，异样地，偶尔
流下的泪，已并非是那怀恋的泪……

憔悴

Pour tout homme, il vient une époque

   où l'homme languit.

      ——Proverbe[1]

Il faut d'abord avoir soif……

      ——Catherine de Médicis[2]

我早已,不再怀着善意醒来
起身后是哀愁 平常的思绪
我,怀着恶意做梦……
(我未曾安住在那里,
 也未能从那里逃脱)
并且,夜来时我想到,
这世间,犹如大海一样。

我想到稍有风浪的夜里的海
那海上,面容憔悴的船夫
用无力的手划着船

---

[1] 法语,意为:不论谁都将迎来疲惫之时。——谚语
[2] 法语,意为:饥渴招来罪孽……——弗朗索瓦二世的情人卡特琳娜·德·梅蒂西斯

想看看是否有渔获
他一边盯着水面,一边划过

Ⅱ

从前 我曾以为
情诗之流是愚劣的东西

而今我吟咏情诗
认为这是有价值的。

但直到现在依然每每
想要进入比情诗更高的诗境

虽不知这心思是错还是对
总之我还保有这样的心思

这心思不时地令我烦躁
让我产生不切实际的希望

从前 我曾以为
情诗之流是愚劣的东西

而今却除了恋爱
没有梦想其他的能力

Ⅲ

这是不是我的堕落
我怎么会知道呢

垂挂在手上的我的怠惰
今天太阳也照着 天多么蓝

说不定自旧时起
我双手能及的也许就只有这怠惰

真挚的希望 也许不过是从那怠惰中
憧憬而来的也未可知

啊！ 即便如此即便如此
我并不想 变成一个只知做梦的男人

Ⅳ

然而这人世的善也罢恶也罢
并不能轻易地由人分辨

因为人所不了解的无数理由
控制着所有的这或那

如山阴的清泉般甘于忍耐
缄口不言只觉欣慰

从火车上看到 不论山 还是草
不论天空 还是河流 所有一切

随后便溶在全体的调和中
升上天空 想来会变成彩虹……

V

那么如何获利,之类
以及如何才能不被人耻笑,之类

总之在与人相关的困惑中
度过朝朝暮暮的,世间的人们啊,

我也曾感念你们的内心
竭尽所能地试图入乡随俗

然而我今日又回归自我
如同松开了绷紧的橡皮筋

就这样从这怠惰的窗口中
将食指伸展成扇形

连那食蓝天 饮清闲的
青蛙也浮在水面

夜里便仰望星辰
啊 天空的深处,天空的深处。

VI

然而 我的这般状态又在持续
于我也觉得必须像别人那样做些什么,
对自身的生存感到焦躁,
每每甚至连百货店的送货人也令我感叹。

并且虽说道理总是明摆在那里
内心深处却杂乱不堪地充斥着怀疑的碎屑。
即使心底不以为意,但这两者
的确都在我身体里,无法从我中抽离。

于是,被飘来的乐声吸引
稍微感受到些许生趣,
然而此时这两者在我身体里死去了,

啊 天空的歌,大海的歌,

我想,我知道美的核心
即便如此依然艰辛,无法从怠惰中逃离!

生命之声

所有伎俩,在太阳下都将显得苍白。
　　　　　　　　——所罗门[1]

对巴赫对莫扎特我已彻底厌倦了。
对那幸福的,洋洋自得的爵士乐也完全厌倦了。
我如同那雨后阴天下的铁桥一般活着。
挤压着我的,不论何时都是寂寞。

我在那寂寞之中并非全然沉寂。
我追寻着什么,不断地追寻着什么。
虽在惶恐不动的形态中,却又惶恐焦躁着。
因此,早已连食欲性欲都似有还无。

可是,不知那是什么,终于无从得知。
无法想象那是两样,我想那是唯一。
却不知那是什么,终于无从得知。
就连通往那里的畅通或断绝的路途,也全都无从得知。

1　出自《旧约·传道书》,又译"我见日光之下所做的一切事,都是虚空,都是捕风。"

就像偶尔调侃自己那般,我试着询问自己。
那是女人吗?是美食吗?那是荣誉吗?
于是我的心呼喊,不是那个,不是这个,不是这个也不是那个!
那么难道说是天空的歌,清晨,在高空,回响的天空的歌吗?

Ⅱ

不,不论哪个那都无法说清!
虽说不时会想 简短地说明,
但我相信正因无法说明,我的人生才是值得度过的
这就是现实!纯洁无垢的幸福!也就是说任其自然即可!

人皆如此,不论知还是不知,都期望着,
即使无从得知如何觉悟胜败,
那是谁都知道的,类似舒心的快感,不论谁都期许的
不论谁只要身在这世上,都无法完全求得!

然而所谓幸福,就是这般无私之境,
若是对聪慧的商人们称之为傻瓜的那般低下的人,

不吃饭就活不下去的这肉身的现世,
就不得不说是不公平的。

不过,那是所谓的此世,
我们生活在此处,并不是任意的不公平,
若由此也构成我们自身的原理的话,
若是如此,这世上可说没有极端,那么权且安心也罢。

Ⅲ

那么关键就是,热情的问题。
你啊,若自心底恼怒
愤怒吧!

来吧,愤怒才是
正处于你最后的目标面前,
切勿将之轻易疏忽。

因为,热情持续一时,而后又将熄灭,
然而其社会效应将存续下去

且将成为你向下一步行为转变的障碍。

Ⅳ

傍晚,天空之下,感受自身渺小,对万事便没有了怨言。

II 往日之歌

献给亡儿文也之灵

含羞
——往日之歌——

究竟为何　心如此羞怯？
秋天　风白的日子于山阴处
锥栗枯叶的低洼里
树干们　极其老成地伫立着

树枝们　相互交错的部分　哀怨的
天空中到处充满死孩的亡灵　眨着眼睛
不时地远方原野上
阿斯特拉罕的织物[1]之间　古代象的梦

锥栗枯叶的低洼里
树干们　极其老成地伫立着
那天　那树干的缝隙间　亲密的眼眸
好似姐姐的神色　曾在你眼中

那天　那树干的缝隙间　亲密的眼眸
好似姐姐的神色　曾在你眼中

1　阿斯特拉罕（astrakhan）：俄国地名，以出产优质毛皮著称。

啊！往日那　微燃的鲜明时光

我的心　究竟为何　究竟为何如此羞怯……

空虚

腊月节的夜里　堕落街巷
　　心脏　已被绳网缠绕
丰满的　乳房裸露
　　无缘无靠　我是娼妓

郁郁地　哭泣不得
　　这日间　孕育了黑暗
遐远空中　在线条间鸣响
　　海峡岸　冬日晓风

白蔷薇　假花的花瓣
　　冻结了　心意也无

待到明日　少女的聚会
　　她们都是　我的旧友

难道是斜菱形＝聚接面
　　传来胡琴声响　不绝于耳

深更的雨
——魏尔伦[1]的面影——

雨　今宵也　一如　往昔，
　　唱着　一如　往昔的　歌。
淅淅沥沥　淅淅沥沥　以至　令人生厌。
　　眼见魏先生　壮硕的身体，
走过　仓库　之间的　窄巷。

在　仓库之间　是橡胶雨衣的　反射。
　　然后　是泥炭　下作的　恶作剧。
那么　只要　穿过　窄巷，
　　一旦　穿过　便有微微的　希望……
不不　希望　也会有　不同吗？

汽车　什么的　不关我事，
　　明亮的　街灯什么的　更是　如此。
酒场　街灯的　腐坏的　眼珠啊，
　　遐远的　那方　舍密[2]也　鸣响。

---

[1] 魏尔伦（Paul Verlaine, 1844-1896）：法国象征派诗人。代表作有《华宴》《无言的浪漫曲》等。
[2] 舍密：荷兰语 chemie，化学的音译。

早春的风

  今天一天又是金风
 大风中有银铃
今天一天又是金风

  好似女王之冠
 在桌前落座
面朝开阔的窗

  外面吹的风是金风
 大风中有银铃
今天一天又是金风

  枯草声音哀怨
 烟雾在空中放纵形骸
日影欢快地扭动身躯

  鸢色的土散发芳香
 晾衣竿去往空中
虽然上坡路舒缓

有如青色女人的下颚

上岗上枝梢棱棱

今天一天又是金风……

月

今宵月吃了太多蘘荷[1]
制剂厂的屋顶上垂挂的琵琶想必会奏响
石灰的气味因此也不至于叫人害怕
灌木正磨砺它的个性
姐妹们睡了,母亲关闭了贝壳红的格窗!

那么在阳台上面
只见铜币落在地上,抑或是奖牌吧
这是今天午间文子小姐落下的
明天去送还给她吧
装进衣兜却还是惦记,月吃了太多蘘荷
灌木正磨砺它的个性
姐妹们睡了,母亲关闭了贝壳红的格窗!

---

1 蘘荷:姜科芳香植物,日本料理中多取其嫩芽调味。民间有过量食用蘘荷会使人健忘的俗信。

蓝色眼眸

  1 夏之晨

悲哀的心上夜明了,
  喜悦的心上夜明了,
不不,这到底是怎么了?
  反正是悲哀夜晚的黎明!

蓝色眼眸不曾转动,
  世界都还在睡眠中,
就这样"这时刻"正不断过去,
  啊!遥远的遥远的故事。

蓝色眼眸未曾转动,
  ——现在也许正转动着……
蓝色眼眸未曾转动,
  美得令人心痛!

我现在身在此处,在黄色灯影下。
  不知自那以后究竟如何……
啊!"那时刻"就那样正不断过去!

如同那碧蓝的，喷薄而出的蒸汽。

　　2 冬之晨

自那以后那到底如何了呢……
那并非我所知晓
反正从朝雾笼罩的飞机场上
机影已永远消失。
原地只留下残酷的沙砾呀，杂草呀
以及仿佛能撕裂面颊的严寒。
——即便在如此残酷空寂的清晨，
人们依然必须笑脸相迎
感觉实在是件可悲的事
然而在这里也是
越是那些笑容满面的人
就越能感到优越。
阳光在雾气中闪烁，草叶上的霜融化了，
远处人家的鸡叫了，
然而不论雾气、阳光、还是寒霜或是鸡
都没能沁入人们的心上，

人们回到家坐在了餐桌旁
　　（飞机场上留下的是我,
　　踢了踢金蝙蝠烟的空盒）

三岁的记忆

走廊上太阳照着,
树脂呈五彩入眠时,
有一棵柿树的庭院,
土是枇杷色　苍蝇嗡嗡。

便盆上方　我被人抱着,
然后从屁股下面　垂下了蛔虫。
那蛔虫,在便盆的浅水里蠕动
那蠕动,吓坏了我。

啊啊!太可怕了
叫人不可思议的可怕。
所以我一时间
尽情地哭了一场。

啊,太可怕呀太可怕
——房间里 悄无声息,
邻家向天空,飞舞而去!
邻家向天空,飞舞而去!

六月的雨

又是一场　晨间的降雨
菖蒲色的　绿绿的颜色
眼睛湿润　长脸的女人
忽然出现　又消失不见

忽然出现　又消失不见
沉入阴郁　淅淅沥沥地
在田地上面　落着
不知止休地　落着

　　　敲响太鼓　吹起横笛
　　　天真孩儿　正逢周日
　　　榻榻米上　自在玩耍

　　　敲响太鼓　吹起横笛
　　　玩耍之间　下起了雨
　　　帘窗之外　下起了雨

雨天

道路上雨下个不停,
四处人家墙板陈旧。
诸多愚弄的眼色变得贤淑,
而我,做着花瓣的梦醒来。

*

鸢羽色古刀的刀鞘啊,
大舌头的年幼的友人,
你的额头方正开阔。
我想起了你。

*

锉刀的声响啊,浑浊的嗓音啊,
衰老疲惫的胃袋啊,
在雨中要侧耳聆听,
那温柔的温柔的唇。

*

红砖色的焦心的
时隐时现的雨中天空。
伶俐少女的黑发以及,
慈父的头颅令人怀念……

春

春使土与草渗出新汗。
为了让那汗水干掉,云雀跃上天空。
瓦屋顶今晨没有怨言,
合唱从长长的校舍升上天空。

啊!寂静呀寂静。
流转而来,这是今年的我的春天。
往日我胸中搏动的希望于今日,
变成庄严的藏青自天空降临我身。

于是我惶惑了,糊涂了
——草丛下的,小河吗银色吗涟漪吗?
是草丛下的小河吗银色吗涟漪吗?

大猫扭着脑袋笨拙地
将一个铃铛拨来拨去,
将一个铃铛,拨来拨去打量着。

春日之歌

流水啊，淡淡的　娇羞啊，
流淌　而去吗　天空的国度？
心也　遥远　零零散散，
埃及烟草　弥漫四处。

流水啊，冰冷的　忧虑隐秘，
流淌　而去吗　甚至到山麓？
还未曾见的　面孔　那不可思议的咽喉
直到　能看见那咽喉的　地带……

午睡　梦境的　丰裕里
原野　天空的　天空之上？
哇哦　哇哦地　哭泣吗？

黄色的　库房啊　白色粮仓，
直到看得见　水车的　远方，
流啊　流淌　而去吗？

夏夜

啊—— 疲惫的胸中
樱色的　女人走过
女人走过。

夏夜水田的沉渣，
怨恨似无止休
——何不去环绕盆地的山峦周游？

裸足轻柔　砂石在脚底，
张开的瞳仁　弃之不顾，
迷雾的夜空　高远且漆黑。

迷雾的夜空高远且漆黑，
父母的慈爱令人无所适从，
——疲惫的胸中　花瓣经过。

疲惫的胸中　花瓣经过
不时地铜锣触及衣裳。
雾霭虽美，却很炎热！

幼兽之歌

漆黑夜晚在草丛深茂的原野,
一头野兽在灭火壶中
敲打火石,制成星星。
搅拌冬季的风 嘶鸣。

野兽早已 无视一切。
响板与月光之外
怀抱不再醒来的星星,
在壶中迎来冒渎。

彷如雨后的回忆结成一块
与风勾肩搭背,拍打波浪。
啊啊 妖艳的物语——
奴隶也与公主一同美丽吧。

   仿若蛋壳的贵公子的微笑
   以及迟钝的孩子的白血球,
   都令那野兽感到恐惧。

漆黑夜晚深茂的草丛中
一头野兽的心沉郁。
漆黑夜晚深茂的草丛中——
在太古,独语也曾美丽!
……

这个小儿

地精¹ 往来于天空,
原野上
苍白的
这个小儿。

黑云在天空扯成条状,
这个小儿
挤出的泪
是银的汁液……

  地球裂成两半就好,
  而其中一半去留洋就好,
  于是我坐在另一半之上
  只望青空——

花岗的巨岩
和海滨的天空

---

1 地精:指德国民间传说中的精灵kobold,在兰波和魏尔伦的作品中时有登场。

庙宇的屋顶

和大海的尽头……

冬日的记忆

白天,还在寒风中把麻雀捧在手里爱抚的孩子,
到了夜里,突然死去了。

翌日清晨下了霜。
孩子的哥哥去发电报。

直到夜里,母亲仍在哭泣。
父亲正在远洋航海。

麻雀怎样了,没人知道。
北风吹白了大道。

吊桶的声音偶然响起时,
父亲,发来了回电。

每天每天下着霜。
远洋航海的人尚未归来。

那之后母亲过得怎样……
发了电报的哥哥,今天在学校挨骂了。

秋日

　沿瓦片延伸　行道树的　树荫下
秋天　是美丽　女人的　眼睑
　像是要　哭出来　天空的　润泽
往昔　马儿　蹄踏的　声音啊

　为着　长久　年月的　疲惫
去往　国道　秋天　沁人肺腑
连木屐的　声响也　沁人肺腑

　太阳此刻　照着　瓦片的　半边
水流之上　无形的　木筏　经过
　虽然原野　在对面　正低伏

结伴的　友人　那戏谑的　语调
　也奇特地　溶入了　空气　之中
秋天　抿起了　思量的　嘴唇

冰冷的夜

冬夜里
我的心悲哀不已
悲哀不已,并无缘由……
心生了锈,呈现紫色。

坚固的门扉之中,
旧日正茫然自失。
在山丘上
棉的蒴果迸裂。

这里正在熏烤干柴,
那烟雾,对自己本身
仿佛有所感知般升腾。

并非被诱惑
也并非寻觅,
我的心郁闷……

冬之黎明

残雪在瓦上稍许坚硬
枯木的细枝像鹿一般困倦，
冬日清晨的六点
我的头脑也困倦。

乌鸦啼叫着经过——
庭院的地面像鹿一般困倦。
——树林逃了农家逃了，
天空悲哀的衰弱。
　　　　我心伤悲……

随即微弱的日光照射
青空开朗。
高高在上的空中朱庇特神的火炮轰鸣。
——四周的山峦沉寂，

农家的庭院打着哈欠，
道路向天空致以问候。
　　　　我心伤悲……

既为老成者
——《空虚秋日》第十二

既为老成者且任其身处静谧之中
就让他们尽情地懊悔

我欲懊悔
尽情地悔恨让灵魂实在地休息

啊　我企望无止休地哭泣
将父母兄弟友人，身旁素不相识的人都忘记

如东方拂晓的天空如掠过连绵山丘的晚风
如随风飘扬的旗子那般哭泣吧

或又如同告别的话语，回声连连，没入云端，在原野尽头回响
交缠着海上的风流逝于永久……

反歌[1]

　　呜呼　因吾等怯懦　长久以来，

1　反歌：和歌的一种形式，主要见于《万叶集》。用于长歌的结尾。有补足，概括的意味。

纠结于徒然之事，忘记了哭泣，竟真的忘记了啊……

（《空虚秋日》曾有二十多篇因散佚今已不存。只有其中第十二篇由诸井三郎作曲而留存。）

湖上

待到月亮盈盈浮现，
让我们泛舟出行吧。
波浪会轻轻拍打吧。
风也会微微吹拂吧。

行到外海天很暗吧，
从船桨滴落的水声
听起来会很亲昵吧。
——在你言语停歇之间。

月亮会侧耳倾听吧，
它会稍稍落下来吧，
当我们接吻的时候
月亮会照在头顶吧。

你也依然，会诉说吧。
无聊的事或任性的话，
我会毫无遗漏地倾听吧。
但是别停下划桨的手呀。

待到月亮盈盈浮现,
让我们泛舟出行吧,
波浪会轻轻拍打吧。
风也会微微吹拂吧。

冬夜

各位今夜十分安静
水壶发出着声响
我正想着女人
而我没有女人。

但我也未因此受苦
以无法名状的弹力
在空气般的空想中
正试图描绘着女人

无法名状的弹力的
澄明无际的夜的沉默
一边听着水壶的声音
一边梦想着女人

如此夜阑更深
只有狗醒着的冬夜
影子与烟草与我与狗
是无以形容的鸡尾酒

2

没有比空气更好的了。
并且没有比寒夜室内的空气更好的了
没有比烟更好的了
没有比烟　更愉快的了
不久你就会明白这一点
深有同感的时候，定会到来

没有比空气更好的了
仿佛寒夜里嶙峋老妇的手
仿佛那手的弹力　柔软　又坚硬
仿佛很坚硬　仿佛那手的弹力
仿佛像烟雾　仿佛那女人的热情
仿佛会燃烧　仿佛将消失

没有比冬夜室内的　空气更好的了

秋天的消息

麻布在早晨　紧裹人的肌肤
麻雀们　声音也变得坚硬了
烟囱的　烟在风中散乱

火山灰挖掘起来犹如冰一般
鲜明的颢气之底的青空
冰冷沉寂，细细渗透

在教堂的石阶上
向阳取暖的话
随阳光回转的花儿们
还有背阴处，漫然响起的虫声。

秋日里　身体温暖
手和脚，凉飕飕的
近日来　广告气球在新宿的
空中高扬飘荡

骨头

看呀看呀，这是我的骨头，
沾满了活着时的艰辛
撕破了肮脏的皮肉，
被雨洗得白花花的，
突兀而出的，骨头的尖突。

上面没有光泽，
只是一味地煞白，
吸收了雨，
被风吹过，
反映着几分天空。

在活着时候，
也曾坐在
饭馆的杂沓之中，
也曾吃过鸭芹的凉菜，
想来不禁感到可笑。

看呀看呀，这是我的骨头——
是我在看着？真是可笑。

灵魂留在身后,
又来到骨头的居处,
在一旁看着吗?

故乡的小河之畔,
站在半枯的草上,
正在看着的,——是我?
恰好是木牌的高度,
骨头白花花地突立着。

秋日狂乱

我已经一无所有
我赤手空拳
而且并不为此叹息
我即将身无一物

即便如此今天是个好天气
自刚才许多飞机正飞着
——欧罗巴开战还是不开战,
那样的事谁晓得呢

今天真是个好天气
天空的蓝也含着泪
杨树哗啦哗啦哗啦地响着
孩子们刚才升天了

地上早已无人 除了正在晒太阳的
工薪族的太太以及鞋匠之外
鞋匠敲鼓的声音
独自在赞美并围绕着明亮的废墟

啊啊，谁来救救我
狄奥根尼的年代里小鸟也曾啼啭吧
而今天麻雀却没有啼鸣
连落在地上的阴影，都过于暗淡！

——纵然如此乡村的大小姐究竟去了哪里
那紫色的压花已不再渗色了吗
草上已照不到太阳了吗
升天的幻想之类已经没有了吗？

我在说着些什么
究竟被怎样的错乱肆掠着
蝴蝶飞去了何方
现在不是春天，而是秋季吗

啊 那就 喝点浓郁的糖浆吧
使其冰凉，用粗吸管喝吧
粘稠地，目不斜视地喝吧
什么都，什么都，不企求！……

朝鲜女人

朝鲜女人的衣带
是在秋风中翻飞吗
每当走在大道时
总是强拉孩子的手
蹙眉的你的面容
干燥的赤铜肤色
那表情究竟在诉说什么
——其实我也穷困潦倒
你也许觉得我怪异
露出惊讶的神色
催促着孩子离开了……
就连轻扬的尘埃
似乎也在问我想什么
就连轻扬的尘埃
似乎也不解我究竟为何……
　………………………

夏夜醒来做的梦

闭上眼想要睡去
在黑暗的球场上
只有那日中午看到的棒球队
他们球衣微微发白——

队员们站在各自的守备位置
面容狡黠的投手也一如往常
轻浮好动的二垒员
依然轻浮好动

然而,期待的安全打却未出现
正失望不已的时候
队员和击球员悉数消失
在空无一人的球场上

霎时间变得炎热的正午的球场
围绕球场的白杨树行列
舞动绿油油的叶子
一阵阵喧嚣如急雨的蝉鸣
失望不已间……入眠

春天与婴儿

菜花田里正酣睡的……
菜花地里被风吹着的……
难道是婴儿吗?

不,空中鸣响的,是电线是电线
整日里,空中鸣响的,那是电线
菜花田里正酣睡的,虽是婴儿

奔驰而去的,是自行车是自行车
对面的道路上,奔驰而去的是
迎着,浅桃红的风……

迎着,浅桃红的风……
奔驰而去的是菜花田和天空的白云
——将婴儿搁在了地里

云雀

终日在空中鸣响的是
啊　是电线，是电线
终日在空中啼鸣是
啊　是云的孩子，是云雀那小子

碧蓝　碧蓝的天空中
转啊转啊转着　潜落而下
嘀哩嘀哩嘀哩地　啼鸣的是
啊啊，是云的孩子，是云雀那小子

走过去是菜花田
向着地平线那方，向着地平线那方
走过去是那座山这座山
蓝蓝的　蓝蓝的天空下面

睡着的是，菜花田里
菜花田里，正酣睡的是
菜花田里被风吹着
正酣睡的是婴儿吗？

初夏之夜

今年夏日又至,
夜里,蒸汽形成的白熊,
跋涉沼泽而来。
——发生了各种各样的事。
历经了各种各样的事。
开心的事,也曾有过,
回想起来,都令人悲哀
一边发出,制铁的碾轧声,
周遭日暮逼近的气氛中
不论幼年,老年,青年还是壮年,
一同发出过于爱怜的声音,
在薄暮中飞舞的飞蛾下面
意外地长着令人爱怜的下巴。
于是乎今夜虽说是六月的良夜,
即便遥远的喧嚣,送来宜人的风,
不知为何心有悲哀,
因为刚刚消失的铁桥的响声,
在大河的,那铁桥上方,天空是朦胧的石板色。

北方的海

身在大海的,
那可不是人鱼。
身在大海的,
那,尽是海浪。

阴郁的北海天空下面,
海浪在四处露出牙齿,
正诅咒着天空,
不知何时才有穷尽的诅咒。

身在大海的,
那可不是人鱼。
身在大海的,
那,尽是海浪。

懵懂之歌

想来已行得太远
十二岁冬天的那个晚上
响彻港口天空的
汽笛的热气如今在何方

月在云间
那样的汽笛声听在耳中
不禁悚然瑟缩
那时月在空中

自那以后已过了多少年
将汽笛的热气茫然地
用眼光追随心中悲凉
那时的我今在何方

而今家有妻儿
想来已行得太远
从今往后究竟到何时呢
大概是会活下去吧

大概是会活下去吧
可是远行而来的日与夜
实在过于令人眷恋
难免觉得没有自信啊

即便如此只要活下去
终究我这执拗的本性
想来连我自己都觉得
实在是惨痛不堪啊

想来其实不过如此
即便终究要坚持
往日也有过爱恋之时　并且
总归也能继续吧

想来其实简单
终究是意志的问题
除了去做也别无他法
只管去做就好吧

想来那也不过如此
十二岁冬天的那个晚上
响彻港口天空的
汽笛的热气如今在何方

闲寂

没有任何来访,
我的心是闲寂的。

   那是周日的校舍走廊,
    ——大家都到原野去了。

木板带着冰冷光泽,
小鸟在庭院里啼鸣。

   没拧紧的水管
   水龙头的水滴,忽地闪烁!

土是蔷薇色,天空有云雀
天空是绮丽的四月。

   没有任何来访,
   我的心是闲寂的。

诙谐歌

把那首《月光》,
交给盲眼少女的
是贝多芬,还是舒伯特?
虽然我记忆的错觉
今夜错综混淆,
我想是小贝,
但会不会是小舒呢?

起雾的秋夜里,
在庭院·石阶上坐下,
沐浴着月光,
两个人,沉默不语,
随后走进琴房,
几欲落泪地弹奏起来,
那,会不会是小舒呢?

远远望见薄雾笼罩的街灯,
在维也纳的市郊,
仿佛星星也将坠落的那个夜晚,
虫儿,聚在草丛的时候,

教师的第十三个儿子,
那个短脖子的男人,
手把着盲眼少女的手,
在钢琴上强力地弹奏,
他那快要出汗的额头,
他那看似廉价的眼镜,
弯曲的后背也意志坚定
喷薄般弹奏而出的
那,会不会是小舒呢?

是小贝还是小舒呢,
那样的事,我可不知道,
今宵繁星欲坠的东京的夜,
饮着杯中的啤酒,
看着月亮的光辉,
不论小贝还是小舒,都早已死去,
连他们早已死去的事,
谁也无从知晓……

回忆

晴朗的日子,外海的洋面
竟然,那么美丽!
晴朗的日子,外海的洋面
简直就是,金,或银

金或银的外海浪涛,
被牵引着牵引着,来到海岬顶端
虽然来到　金或银
却又远去,在外海闪烁。

海岬顶端的砖瓦厂
工厂庭院里晾着砖瓦,
晾着的砖瓦颜色通红
而工厂,却悄无声息

在砖瓦厂,稳稳坐下,
我吸了一会儿烟。
吸着烟茫然呆坐时,
外海那方波涛轰鸣。

外海那方波涛轰鸣时，
我毫不介意依然呆坐。
呆坐时我的头和胸，
感到融融的融融的暖意

融融的融融的暖意
海岬的工厂沐浴着春光，
砖瓦厂悄无声息
后面的树丛里鸟儿啼鸣

鸟儿虽啼鸣那砖瓦厂，
毫无动静寂然无声
鸟儿虽啼鸣那砖瓦厂，
窗玻璃上沐浴着阳光。

窗玻璃上沐浴着阳光
却丝毫没有暖意
初春时节的晴朗日子
海岬顶端的砖瓦厂啊！

*

砖瓦厂,后来废弃了,
砖瓦厂,死去了
砖瓦厂,窗户和玻璃
听说如今都毁坏了

砖瓦厂,废弃了枯朽了,
在树丛前面,如今也隐约可见
树丛里鸟儿,如今虽也啼鸣
砖瓦厂,只管径自枯朽

外海的波涛,如今虽也轰鸣
庭院的土上,阳光虽然照着
砖瓦厂里,劳工不再来
砖瓦厂里,我也不再去

曾经吐着　烟尘的烟囱
而今也瘆人地,径自耸立
下雨的日子,尤其瘆人

即使晴天,也相当瘆人

就连相当瘆人的,烟囱,
如今也已,无从插手
这庞大的,古老猛士
不时地怨恨,那眼神骇人

那眼神骇人,今天我也
来到海滨,在石头上坐下
茫然俯首,细细思量
甚至我胸中,也起了波浪。

残暑

在榻榻米上,躺下吧,
苍蝇嗡嗡　哼唧着,
榻榻米也早已　泛了黄
今天早上　是谁说来着

这个呀那个呀　不值一提的话
我脑海里　记忆浮现
就那样浮现　浮现
不知何时　我睡着了

醒来是在　天将晚时
虽然秋蝉　还在鸣叫
树木的枝梢,还沐浴着阳光,
我给庭院的树木,洒了水

洒下的水,在树丛低枝的叶尖上
闪烁的光景　我一直一直看着

除夕夜的钟声

除夕夜的钟声在黑暗遥远的空中响起。
震颤千万年的,古老夜晚的空气,
除夕夜的钟声在黑暗遥远的空中响起。

那是寺院树林的迷蒙天空……
在那边响起,而后自那里回响而来。
那是寺院树林的迷蒙天空……

这时孩童在父母膝下吃荞麦面[1],
这时银座充斥着人群,浅草也充斥着人群,
这时孩子在父母膝下吃荞麦面。

这时银座充斥着人群,浅草也充斥着人群。
这时囚犯,会是怎样的心境呢,怎样的心境呢,
这时银座充斥着人群,浅草也充斥着人群。

除夕夜的钟声在黑暗遥远的空中响起。
震颤千万年的,古老夜晚的空气,
除夕夜的钟声在黑暗遥远的空中响起。

1　日本人有吃荞麦面迎接新年的习俗。

雪赋

身在雪落之处的我，人生
仿佛变得悲哀又美好——
变得仿佛 充满了忧愁。

那雪，也落在在中世纪的，昏暗的城墙，
也落在大高源吾[1]的年代……

许许多多孤儿的手，
因此被冻僵了，
都会的傍晚因此曾十分悲凉。

俄罗斯乡下别墅的，
篱墙那方看见的雪，
久远得令人厌倦，

下雪的日子里高贵的夫人
想来也会有少许怨言……

---

[1] 大高源吾（1672-1703）：江户时代的武士，赤穗四十七士之一。也是著名的俳人。

身在落雪之处的我，人生
仿佛变得悲哀又美好——
变得仿佛 充满了忧愁。

我的半生

我历经了颇多艰辛而来。
那是怎样的艰辛,
我丝毫不打算讲述。
而那些艰辛的价值
究竟是有或者无,
那样的事我从未想过

总之我历经艰辛而来。
曾历经艰辛而来!
并且,我只想觅见,
现在,此处,书桌前的,自己。
伸出手静静端详
我能做的只有这件事。

  屋外今宵 树叶轻颤。
  心境遥远的 春宵。
  而我,将静静地死亡,
  就那样坐着,渐渐死去。

独身者

肥皂盒里秋风吹拂
区隔郊外,与市区的道路上,
走着一个大原女人[1]

——他曾是独身者
他曾是极度的近视
他曾随意穿着见客的衣服
也曾在印章店做工

此刻他刚从澡堂出来
微弱的阳光照射的下午三点
肥皂盒里秋风吹拂
区隔郊外,与市区的道路上
走着一个大原女人

---

1 大原女人:来自京都市郊的大原,往来于城区贩卖农产品的女人。

春宵感怀

雨,停了,风吹拂。
　云,流动,月隐身。
各位,今夜,这春宵。
　温吞的,风吹拂。

不知为何,深深的,叹息,
　不知为何遥远的,幻想,
虽奔涌,却不能将它,抓住。
　无论谁,也不能将它,讲述。

无论谁,也不能将它,讲述。
　虽然如此,正因如此,
才是生命对吗?
　然而,却不能将它,明示……

就这样,人类,每一个人,
　用心感受,相互面对
足以会心微笑的事
　做了,一生,就过去了啊

雨,停了,风吹拂。

　云,流动,月隐身。
各位,今夜,这春宵。
　温吞的,风吹拂。

阴天

　某个清晨　我看见　空中，
黑色　旗帜　飘扬。
　哗啦哗啦　它正　飘扬。
听不见　声响　因为　是高处。

　我试图　拉动　将它　降下，
可是没有　绳索　不能　如愿，
　旗帜　只管　哗哗　飘动
犹如　飘入　天空　深处。

　如此　清晨　在年少的　日子，
曾屡屡　见过　我还　记得。
　彼时　它在　原野　之上，
而今　在城市　屋瓦　上面。

　彼时　此时　时间　相隔，
此处　彼处　场所　相异，
　哗哗　哗哗　天空中　独自，
如今依然　不曾改变的　那面　黑旗啊。

寄蜻蜓

过于晴朗的　秋日天空
红蜻蜓　翩翩飞舞
沐浴着　淡淡夕阳
我伫立　在原野上

远处工厂的　烟囱
在夕阳下　显得模糊了
沉重叹息　一声后
我蹲下身　捡起石头

那石块的　冰冷
在手中渐渐　变暖之后
我将它扔下　然后把草
沐浴着夕阳的　草拔起

被拔起的草　在土地上
微微地　渐渐枯萎
远处工厂的　烟囱
在夕阳下　显得模糊了

一去不还
——京都——

我身在这世界的尽头。阳光温暖地洒下,风摇曳着花朵。

木桥的,尘埃终日,沉默,邮筒终日赤红,装饰了纸风车的婴儿车,总是停在街头。

那些居住者,孩子,在街上看不到,我没有一个可投靠的人,我能做的事,只是不时地看一眼风见鸡[1]上方的天空的颜色。

尽管如此并不无聊,空气中有蜜,那并非物体的蜜,适于日常食用。

香烟倒是试着抽了,但那也只是喜欢那香味。并且我的做法是,只在户外时才抽烟。

而我亲近的财物有,毛巾一条。虽说有枕头,被褥却连影子也无,牙刷倒还带着,唯一一册书,书里什么也没写,只是不时地拿在手里掂量,并以此为乐而已。

---

[1] 风见鸡:一种(安放在屋顶的)鸡形风向仪。

女人们，曾令人相当爱慕，但一度也未曾想过要去见她们。只做梦就足够了。

难以名状的某物，不停地督促我，我没有目的，希望却在胸中鼓噪。

*

树林中有座世间难以想象的公园，笑容可掬到令人害怕的，女人、孩子、男人们正在散步，说着我听不懂的语言，脸上表露着我看不懂的感情。

而那空中，蜘蛛网闪耀着银色的光。

一个童话

秋夜,在遥远那方
有一片,尽是石子的河滩,
太阳,是沙沙地,
沙沙地照着。

虽说是太阳,却犹如硅石什么的,
犹如非常细碎的粉末,
正因如此,才沙沙地
也发出着细微的声响。

而那石子上,此刻正停着一只蝴蝶,
淡薄,却又轮廓清晰地
投射着影子。

而后那蝴蝶不见了,不知何时,
直到刚才还没有水流的河床上,水
是沙沙地,沙沙地流着……

幻影

在我的头脑里,不知从何时起,
住着一个面相苦楚的小丑,
他身穿薄纱似的衣裳,
而且,沐浴着月光。

他不时地,柔弱地动作,
不停地,打着手势,
但那意思,终于无法传达,
我总是令他　颇为哀伤。

伴着手势,他的唇也翕动着,
就像在看古老的皮影戏那样——
且不带一丝声响,
他在说着什么　我没能明白。

月光白晃晃地洒在身上,
怪异而明亮的雾气之中,
微弱的身姿缓慢地动着,
只有眼神不管怎样,似乎都是温顺的。

泼辣女人的丈夫歌唱了

你爱着我,却一次也
未曾恨过我。

我也爱着你,自前世起
仿佛已注定。

而两人的灵魂,不觉间温和地相爱
已是长年的习惯。

然而两人又有着
极为轻浮的心灵,

最自然的爱的心地,
有时会让人烦扰。

比起上好香水的芳香,
更亲近医院那,淡淡的气味。

于是最亲密的两人,
有时最是互相憎恨。

而后却沉浸在
不明就里的懊恼之中。

啊,两人都曾有过轻浮之举,
那使我们迷失了真实。

比起上好香水的芳香,
更亲近医院那,淡淡的气味。

无言歌

虽然它位于远处
我必须在此等待
此处空气也微微苍茫
如葱根一般隐约恬淡

决不可匆忙
必须在此充分等待
不可像少女的眼睛那样眺望远方
只需确实地在此等待即可

即便如此它在遥远那方被夕阳笼罩
如汽笛声一般粗大而纤弱
然而我不能朝那方奔去
必须确实地在此等待

于是随即喘息也恢复平静
一定能确实地去往彼处
然而它像烟囱的烟那般
远远地远远地　一直在茜红的天空中随风轻扬

月夜海滨

月夜的晚上,一粒纽扣
落在,海岸边。

将它拾起,充作他用
虽然我并未这么想
不知为何不忍将它扔弃
我将它,放进衣兜里。

月夜的晚上,一粒纽扣
落在,海岸边。

将它拾起,充作他用
虽然我并未这么想
  没能朝着月亮将它抛弃
  没能朝着海浪将它抛弃
我将它,放进衣兜里。

月夜的晚上,拾起的纽扣
沁入指尖,沁入了心中。

月夜的晚上,拾起的纽扣
为何却要,将它丢弃呢?

还会来的春天……

人说春天还会来
可是我心中凄苦
春天来了又如何
那孩子不再回来

还记得今年五月
抱着你去动物园
看见大象你说"喵"
看见鸟儿也是"喵"

只有最后给你看的鹿
似乎是鹿角吸引了你
你不言不语地 望着

那一刻你也确是
身在此世的光的正中
只是伫立着望着……

月光　其一

月光照着
月光照着

　庭院角落的草丛里
　藏着的是死去的孩子

月光照着
月光照着

　咦？齐尔希斯和阿曼特[1]
　来到了草坪上面

吉他虽然带来了
却扔在了一旁

　月光照着
　月光照着

1　齐尔希斯和阿曼特：源自维吉尔《牧歌》第二首中的牧人特丝提力丝和阿米塔斯。此处使用的是魏尔伦《华宴集》的"曼陀铃"一节中出现的法语名 Tircis 和 Aminte 的音译，下同。

月光　其二

哦哦齐尔希斯和阿曼特
来到庭院中玩耍

今夜正值春宵
也有温湿的雾霭

庭院的长椅上面
被月光照着

吉他虽放在身旁
一时却不会奏响

草坪对面是森林
笼罩着幽深黑暗

噢　齐尔希斯和阿曼特
窃窃低语的时候

森林中死去的孩子
萤火虫一般蹲伏着

村里的时钟

村里的大钟,
终日不停地走着

钟面上的油漆,
已失去了光泽

凑近一看,
有许多细小的裂纹

所以当夕阳映照的时候,
呈现落寞的颜色。

在敲打钟点之前,
嗞啦嗞啦地响了

是钟面响还是里面的机器响
不论我还是谁都不清楚

某男的肖像

1

留洋归来的那个时髦的人,
上了年纪头发上仍抹着绿油。

每夜出现在咖啡馆,
与店主人交谈的样子有些凄惨。

听到他的死讯后越发觉得凄惨了。

2

——幻灭是钢铁的颜色。

头发的光泽,与油灯的金色的日暮
朝着庭院,他从敞开的门户,
走出了门外。

刚剃过的,不论脖颈还是手腕
这里那里都无所适从地,

感到寒冷。

从大开的门户
悔恨,与风一起毫不容情地
吹入。

不论阅读,还是脉脉含情的爱恋,
温暖的茶也与黄昏的天空一起
随风而去已不在那里。

  3

她
爬进了墙壁之中。
于是他独自
在房间里擦拭着餐桌。

冬日长门峡[1]

长门峡间,水长流兮。
那日寒冷不已。

我曾在料亭[2]。
也曾酌酒而饮。

除我之外,
别无客人兮。

流水,恰如有魂魄者
长流无止休兮。

未几夕阳宛如柑橘,
漫洒阑干之上矣。

呜呼!——曾有那般时日,
那日寒冷 寒冷不已。

---
1 长门峡:位于山口市北郊阿武川上游的名胜地。
2 料亭:指长门峡入口处的餐馆洗心馆。

米子

那个二十八岁的姑娘,
身患肺病,小腿纤细。
像棵白杨,伫立在
无人经过的,步道旁。

姑娘的名字,叫作米子。
夏日里,脸上,似有污垢,
而在秋冬,却依然美丽。
——她有着微弱的声音。

那个二十八岁的姑娘,
若能出嫁,她的病
应该也能痊愈。这么想着
我一次次端详那姑娘……

但是我一次也未曾,对她说起。
也并非因为,那是难以启齿的话
也并不认为说了,就会令她沮丧,
究竟为何,终于没能说出。

那个二十八岁的姑娘，

伫立在步道旁，

雨霁的午后，像棵白杨。

——我想再一次，听听她微弱的声音……

正午
—— 丸大楼的风景

啊十二点的警笛响了,响了,响了
络绎不绝络绎不绝地出来啦,出来啦出来啦
月薪族的午休,晃晃悠悠摆着手
没完没了没完没了地出来啦,出来啦出来啦
巨大高楼那漆黑,且窄小不堪的出入口
天空开阔微阴,微阴,尘埃也稍稍扬起
不管是随意抬眼,或是放低视线……
叫我如何赏樱花啊,樱花啊樱花啊
啊十二点的警笛响了,响了,响了
络绎不绝络绎不绝地,出来啦,出来啦出来啦
巨大高楼那漆黑的,窄小不堪的出入口
空中吹过的风里,警笛将连绵回响着消逝吗

春日狂想

1

心爱的人死去时,
务必自杀才行。

心爱的人死去时,
除此之外,别无他法。

然而即使如此,因孽业深重,
仍要长久存活的话,

应拥有　奉侍的心意。
应拥有　奉侍的心意。

因为心爱的人　死去了,
的确是因为　死去了,

因为无论怎样,已是无可奈何,
为着那个人,为着那个人,

必须拥有　奉侍的心意。
必须拥有　奉侍的心意。

2

虽有了奉侍的心意，
但也并非就能　做特别的事。
于是比从前，阅读更精细。
于是比从前，待人更体贴。

步履坚定地散步，
虔敬地编织草帽的麦瓣——

仿佛就此，成了玩具士兵，
仿佛就此每天，都是周日。

在神社的向阳处，慢悠悠地走过，
遇见熟人，便微笑致意，

与卖饴糖的老头儿，成了好伙伴，

给鸽子哗哗地　抛洒豆子。

阳光刺眼的话，就走进日荫，
在那里重新观察地表和草木。

青苔可真是　透着凉意，
毫无疑问，今日的晴朗。

参拜的人们也络绎前行，
我对任何事　都不生气

　　　　　（（人生诚然是　一瞬的梦，
　　　　　　　是橡皮气球的　那种美吧。））

升上天空，发光，消失——
嗨，今天，心情如何？

好久不见啊。别来一切可好？
在那边找个地方，喝杯茶吧。

虽然踊跃地进了茶馆,
然而却　无话可说。

把香烟什么的,沉闷地抽吸,
得到一种难以名状的领悟——

户外真是热闹非凡!
——那就再会吧,请问候夫人,

去了国外,请给我写信。
酒最好还是　别喝太多。

马车经过,电车也经过。
人生诚然,宛如新娘。

耀眼,美丽,且俯首含羞。
让他说话,可是他厌烦了吗?

即便如此,让心中豁然,
人生诚然,宛如新娘。

3

那么各位,
不必过于欢喜过于悲伤,
节奏分明地　握个手吧。

即是说,领会了,
耿直才是,我等所欠缺的。

好,那么各位,好,大家一起——
节奏分明地　握个手吧。

蛙声

天覆盖了地,
而地上,偶然有一汪水池。
那水池里今夜整夜蛙鸣……
——那是,在鸣叫些什么呢?

那声音,是自空中来,
往空中去的吗?
天覆盖了地,
而蛙声疾走于水面。

好吧即使此地太过湿润,
为着疲惫的我们的心,
感觉柱子仍是,过于干燥了,

头颅沉重,肩膀酸痛。
可是,即便如此,夜来则蛙鸣,
那声音疾走于水面,迫近暗云。

后记

收录在此的是《山羊之歌》之后所发表作品的大半。创作时间最早的是大正十四年，最近的是昭和十二年。顺便说一句，《山羊之歌》收录的是从大正十三年春到昭和五年的作品。

如果说只要作诗就能称之为诗生活的话，我的诗生活已过了二十三年。如果从决心以诗为本职那天起才可如此称之的话，我已有十五年的诗生活。

说长也长，说短也短的这些岁月里，我的所思所感颇多。如今哪怕只是试图讲述其中概略，稍作回想都有不寒而栗之感。所以，我并不打算讲述什么。我不过是，从确实认定我的个性最适合于诗的那天起，就把诗当作了本职。总之，这才是我想在此说明的。

我现在，将这部诗集的原稿汇总，托付给友人小林秀雄，告别在东京十三年的生活，从此回乡隐居。并非有什么新计划，唯愿逐渐沉潜于诗生活之中。

然而此后将会如何呢……想到这里，心中一片茫洋。

再见了东京！啊，我的青春！

1937.9.23

中原中也年表

明治四十年（1907）出生

四月二十九日出生于山口县吉敷郡下宇野令村（今山口市汤田温泉），为家中长子。父亲名柏村谦助，母亲名福（本姓中原）。谦助时为派驻旅顺的陆军军医。

同年十一月，随母亲赴旅顺柳树屯与父亲团聚。翌年八月回山口。因谦助调任广岛卫戍病院，全家迁居广岛。后又迁至金泽。弟亚郎、恰三和思郎分别生于广岛和金泽。

大正三年（1914）七岁

因谦助调任朝鲜，中也与母亲和弟弟们一同返回山口居住。

四月，入学下宇野令寻常高等小学。天资聪颖，被誉为神童。

大正四年（1915）八岁

一月，弟亚郎因病夭折。

"一个寒冷的早晨，为那年正月里死去的弟弟所写的和歌是我诗歌生活的最早开端。"（引用自中也一九三六年撰写的《诗的履历书》，后同。）

十月，父谦助正式入赘中原家，全家改姓中原。外祖父政熊为虔诚的天主教徒，在当地行医多年，为当地名士。

大正六年（1917）十岁

父谦助退役，继承中原家经营的汤田医院。后改称中原医院。

大正七年（1918）十一岁

二月，末弟拾郎出生。

五月，为利于升学，转入山口师范学校附属小学。与实习老师后藤信一相遇。

"大正七年，遇见一位喜爱诗歌的实习老师。恩师也。那时当地报纸上有短歌投稿栏，于是以短歌投稿。"

大正八年（1919）十二岁

擅长作文，开始尝试新体诗歌的创作。

"大正九年，在杂志上看到俄罗斯诗人别雷[1]的作品，得知破格的语法早已有之，遂安心。"

大正九年（1920）十三岁

二月，开始向《妇人画报》《防长新闻》等报刊的短歌栏投稿，前后共入选八十余首作品。

四月，以优异成绩考入县立山口中学。后因过度热衷文学而怠慢了学业，成绩急剧下降。

---

[1] 安德烈·别雷（1880-1934）：据《新编中原中也全集》第四卷解题，中也读到的诗作有可能是刊载于杂志《露西亚艺术》大正十年第二号、尾濑敬止所译的《断章》一诗。

同年夏、冬，两次前往门司亲戚家。

大正十一年（1922）十五岁

四月，与友人一同刊行私家版和歌集《末黑野》。其中收录了中也的二十八首作品，名《温泉集》。

"与友人印行歌集《末黑野》，售出少许。"

家人为督促中也静心学习，暑假寒假期间将他送往当地寺院寄宿。

大正十二年（1923）十六岁

三月，山口中学（高中部）落榜

四月，转学至京都立命馆中学初三。

"大正十二年春，因沉迷文学而落第。转至京都立命馆中学。生来初次离开父母，心中雀跃不已。"

"同年暮秋，寒夜于丸太町桥际之旧书店阅读《达达主义者新吉的诗》。为其中数篇深受感动。"

十二月，经诗人永井叔介绍，与"表现座"剧团的女演员长谷川泰子相识。

大正十三年（1924）十七岁

四月，升入立命馆中学四年级。开始与年长三岁的长谷川泰子同居。

七月，与诗人富永太郎相知。"于彼处得知法国诗人等存在。"

同年创作了若干达达主义的诗歌，并有小说和戏剧习作若干。

大正十四年（1925）十八岁

三月十日，与长谷川泰子一同迁居东京。本应参加早稻田高等学院、日本大学预科等校入学考试，却因迟到等原因均未考中。

四月，经富永太郎介绍，结识了小林秀雄。

五月，迁居至高圆寺一带，邻近小林住所。

"大正十四年八月左右，大体决定专注于诗歌。"

十月，写下《秋之愁叹》

十一月，富永太郎病逝。

同月，长谷川泰子离开中也，投奔小林秀雄。之后三人依然持续"奇怪的三角关系"（小林秀雄语）。

同年底或翌年初，购得宫泽贤治诗集《春天与阿修罗》，并为之倾倒。

大正十五年/昭和元年（1926）十九岁

二月，写下《空虚》。

四月，入学于日本大学预科。

"五月，写下《晨歌》。七月左右示与小林。那是来东京后初次将诗作示人。总之于《晨歌》大致确立了方针。方针虽确立,仅仅为写下这十四行诗,竟如此耗费苦工,深感失落。"

九月,瞒着家人从日本大学退学。

十一月,进入外语学校"法语学院"学习。

同期写下《临终》。

昭和二年(1927)二十岁

春,与河上彻太郎相识。

十一月,经河上介绍,结识作曲家诸井三郎,由此开始了与音乐团体"苏利耶"(SURYA)的合作。

昭和三年(1928)二十一岁

一月,结识"苏利耶"同人内海誓一郎。

三月,经小林秀雄介绍,结识大冈升平。

五月,"苏利耶"第二回发表会初次上演由诸井三郎谱曲的《临终》和《晨歌》。

同月,父谦助去世。中也身为长子,却因家人避讳其"浪子"的名声而未能出席葬礼。

"声称就学于日本大学,谎言被母亲识破。母担忧。而这边三年半以来的自责感反倒因谎言败露而得到解脱。"

同月,小林秀雄与泰子分手。而中也与泰子依然保持来往。

昭和四年(1929)二十二岁

四月，与河上彻太郎、阿部六郎、安原喜弘、古谷纲武、大冈升平等创办同人杂志《白痴群》。至翌年六月停办的期间内，于该杂志发表了《寒夜的自我像》《修罗街挽歌》《妹妹啊》等后来收录于《山羊之歌》的二十余首作品。

七月，与雕塑艺术家高田博厚结识，并迁居至其画室附近，两人交往甚笃。后经高田介绍，于《生活者》杂志发表《月》、《马戏团》等十余篇后收录于《山羊之歌》的作品。

同年开始从事文学翻译。

昭和五年（1930）二十三岁

一月，《白痴群》第五号发行。

四月，《白痴群》第六号发行，此后停办。

五月，"苏利耶"第五回发表会上，上演了由内海誓一郎作曲的《归乡》和《丧失的希望》以及诸井三郎作曲的《既为老成者》。

九月，转入中央大学预科。

十二月，长谷川泰子生下一子，父亲是筑地小剧场的导演山川幸世。中也为孩子取名"茂树"。

昭和六年（1931）二十四岁

创作进入低潮期。

四月，入学于东京外国语学校法语专修科。

九月，弟恰三病逝。年仅十九岁。回乡出席葬礼。

昭和七年（1932）二十五岁

四月，开始编辑整理《山羊之歌》。

六月，发送《山羊之歌》征订明信片，只收到约十人的预订。

七月，再度发送征订明信片，依然回应寥寥。

八月，前往宫崎探访友人高森文夫，并游览九州。

九月，获得母亲资助，将《山羊之歌》付印，然而资金不足以支付全部费用，只得将印成的正文与纸型交与友人保管。

因多次失恋与过度劳累，神经衰弱愈加严重。

昭和八年（1933）二十六岁

三月，自东京外国语学校法语专修科毕业。

四月，经牧野信一、坂口安吾引介，加入同人杂志《纪元》。

六月，发表《春日傍晚》及其多篇翻译作品。

七月，发表《归乡》等作品。

九月，于《纪元》创刊号发表《激越黄昏》《秋》，之后持续在该杂志定期发表诗歌和翻译作品。

"自大正十二年至昭和八年十月位为止，每日行走不懈。深夜读书，朝寝午起，而后步行至夜晚十二时许。"

十二月，于汤田温泉西村屋旅馆与上野孝子结婚。在东京的新居成为小林秀雄、河上彻太郎等文学同好的聚集之所。

同月，由三笠书房出版了中也翻译的《兰波诗集 学校时代的诗》。

昭和九年（1934）二十七岁

在《纪元》《半仙戏》《四季》《文艺》等杂志发表大量诗作。

六月，发表《临终》《骨》《小丑之歌》等作品。

七月，发表《悲伤的早晨》《罪人之歌》等作品。

八月，发表《夏夜》《秋季夜空》等作品。

同月，陪同怀孕的妻子回到山口。在家中专心翻译与诗作。

九月，发表《月》。因惦念诗集出版等事务，未等孩子出生便只身返回东京。

十月，发表《三千子》。十八日，长子文也于出生于山口田村病院。

十一月，发表《修罗街挽歌》。参加《历程》同人举办的诗歌朗诵会，亲自朗读了《马戏团》。与草野心平相识。

经草野牵线，曾遭多家出版社拒绝的《山羊之歌》终于决定由文圃堂书店出版。中也执意请求高村光太郎[1]担任装帧设计。

同期经草野介绍，结识了檀一雄、太宰治等作家。

十二月七日 由文圃堂发行的《山羊之歌》面世。印数两百册。

同日夜搭乘夜车返回山口探亲。

居山口至翌年三月，其间专心翻译《兰波全集》。

---

1 高村光太郎（1883-1956），诗人，艺术家。代表作有《道程》《智惠子抄》等。也是文圃堂《宫泽贤治全集》的装帧设计者。

昭和十年（1935）二十八岁

三月，只身返东京。

六月，日本歌曲新作发表会上演了诸井三郎作曲的《妹妹啊》《春天与婴儿》。

同年发表大量诗作和译作。成为《四季》同人。

昭和十一年（1936）二十九岁

六月，译诗集《兰波诗抄》（山本书店）出版。

九月，经亲戚介绍，接受NHK入职面试，未能通过。

十一月十日，长子文也因病夭折，年仅两岁。

悲痛中写下《文也的一生》（散文）《夏夜的博览会怎能不悲伤》《冬日长门峡》。

十二月十五日，次子爱雅出生。

神经衰弱日益严重。

"自大正四年迄今，制作诗篇约七百。其中五百废弃。"

昭和十二年（1937）三十岁

一月，前往千叶市中村古峡疗养院休养。

二月，出院，迁居镰仓。

四月，发表《还会来的春天……》《冬日长门峡》。

五月，发表《春日狂想》。

夏，决意回乡。

九月，译诗集《兰波诗集》出版（野田书房）将编辑、誊写好的诗集《往日之歌》托付与小林秀雄。

> "你只管回到宁静的房间就好。
> 背对焕发的都会夜夜灯火,
> 你只管,走上郊道就好。
> 心的低语,且慢慢聆听就好。"
> ——最后的诗作《四行诗》(摘自《草稿诗篇一九三七》)

十月六日,罹患结核性脑膜炎,入院。
十月二十二日,病情恶化,去世。
十月二十四日,于镰仓寿福院举行告别仪式。
三十一日,葬礼在故乡山口市汤田举行。葬于家族墓地。
年末,《纪元》《文学界》《四季》等同人杂志纷纷发行追悼特辑。

昭和十三年(1938)
一月十二日,年仅一岁的次子爱雅因病夭折。
四月,遗作《往日之歌》由创元社出版。

昭和十四年(1939)
中原中也赏创设。

昭和二十六年(1951)

《中原中也全集》出版（共三卷，创元社）。编辑委员有小林秀雄、河上彻太郎、大冈升平等。

昭和四十二年（1967）
《中原中也全集》由角川书店出版（前后共六卷）。编辑委员有大冈升平、中村稔等。

平成六年（1994）
二月，中原中也纪念馆在山口市汤田温泉中原家旧址建成开馆。翌年，中原中也赏再次创设，并延续至今。

平成十二年（2000）
三月《新编中原中也全集》由角川书店出版。至平成十六年（2004）十一月出齐六卷。

译后记

  诗歌的解读不应设定标准答案。或者说诗歌的解读可以有多种答案。作为译者，对作品的理解可能也只是多种解读中的一种。翻译过程中，译文中多多少少会介入一些译者个人的理解。也许译文因此变得漂亮，但不见得是原文本身的美。比较而言，我觉得做减法的翻译反而更诚实些。当然减法不等于随意删减原文，而是尽量克制自己，不去给原文添加过多的装饰。

  翻译中对原诗的句式和形态，包括标点符号的使用，都尽量原样保留。另外，中原中也的诗歌自如地使用了文言和口语两种语体。有时是同一首诗的不同章节分别采用不同的语体。为了忠实地传达原文的风格，翻译成中文时也尽量对应为文言和口语。

  尽量忠实原文。这个愿望在实际的翻译过程中真正做到了几分，自己很难判定。甚至可以说诗歌的翻译自始至终都伴随着不安与歉疚。借用诗人的说法，这是由结果创造结果的"翻译的悲哀"。

  译文难免有消减，有折损，唯愿通过我的翻译，读者依然能从中读出中原中也诗歌中最核心、最闪亮的部分。

  翻译过程中，听得最多的是友川和树演唱的中也诗歌。

我期望借着音乐多多感受原诗的节奏、音韵。友川和树的歌声里有种愤怒与哀伤夹杂的激情，个性十分强烈，于我既是刺激也是启发。

本书的翻译大部分是在山口县立图书馆和山口市立中央图书馆完成的。两间图书馆关于中原中也的收藏十分丰富且各具特色。翻译过程中的疑难问题大多在文献资料中得到了解答。在位于山口市汤田的中原中也纪念馆，长年展示着诗人生活和创作的第一手资料。诗人的手迹、早年的照片、中原家的历史都让我对诗歌中提及的故乡风物等等有了更深的理解和感受。

对于一个早已告别青春的中年人，因翻译而浸淫于中也诗歌的时间里，凡庸的日常之中，仿佛拥有了另一个维度的生活，这实在是件奢侈且值得感恩的事。

在山口这座小城居住了二十年之后，能作为译者与中原中也的作品结缘，我感到万分荣幸。凝聚了译者和编辑以及相关各位的汗水而成形的这部诗集，于我已是最好的奖赏。感谢雅众文化的信任，特别要感谢责编陈希颖，多亏她一直以来的理解与支持，这本书的翻译才得以完成。

吴菲

2018 年暮春 于山口市后河原

图书在版编目（CIP）数据

山羊之歌：中原中也诗选/（日）中原中也著；吴菲译. -- 北京：新星出版社, 2018.6
ISBN 978-7-5133-2822-7

Ⅰ.①山… Ⅱ.①中… ②吴… Ⅲ.①诗集—日本—现代 Ⅳ.① I313.25

中国版本图书馆 CIP 数据核字（2017）第 248553 号

山羊之歌：中原中也诗选

[日]中原中也 著
吴菲 译

策划机构：雅众文化
总 策 划：方雨辰
策划编辑：陈希颖
特约编辑：陈希颖
责任编辑：汪 欣
装帧设计：朱 疋
出版发行：新星出版社
出 版 人：马汝军
社　　址：北京市西城区车公庄大街丙 3 号楼 100044
网　　址：www.newstarpress.com
电　　话：010-88310888
传　　真：010-65270449
法律顾问：北京市岳成律师事务所
读者服务：010-88310811　service@newstarpress.com
邮购地址：北京市西城区车公庄大街丙 3 号楼 100044
印　　刷：山东临沂新华印刷物流集团有限责任公司
开　　本：1092mm×860mm　1/32
印　　张：6.5
字　　数：130 千字
版　　次：2018 年 6 月第一版　2024 年 8 月第十二次印刷
书　　号：ISBN 978-7-5133-2822-7
定　　价：49.80 元

版权专有，侵权必究；如有质量问题，请与印刷厂联系更换。